Jutta Wilke

# STECHMÜCKENSOMMER

Jutta Wilke

# STECHMÜCKENSOMMER

KNESEBECK

Für Michaela.
Und Heike.
Und Alice.
Ihr wisst schon.

Von dem Moment an,
in welchem du zweifelst,
dass du fliegen kannst,
wirst du es nie mehr
wieder können.

Sir James M. Barrie, *Peter Pan*

# 1

Eine Made ist weiß. Langweilig. Und dick.
Und sie nennen mich Made.
Mir ist das egal.
Sie können mich nennen, wie sie wollen.
Ich höre sowieso nicht hin.
Eigentlich heiße ich Madeleine.
Ich bin fast vierzehn.

Svenja hat mich in die Gruppe der Zwölf- und Dreizehnjährigen gesteckt. Fast vierzehn ist noch nicht vierzehn, hat sie gesagt. Damit war für sie das Thema erledigt.

Svenja ist schon dreiundzwanzig und eine von denen, die hier das Sagen haben. *Teamleiter* steht auf ihrem T-Shirt. Sie war nicht mit uns auf der Fähre, sondern hat im Ferienlager auf die Gruppe gewartet.

Zum Team gehören noch Mario, Hannah und Jan. Die drei haben uns in Kiel in Empfang genommen, uns geholfen, unser Gepäck zu verstauen und uns auf dem Schiff zurechtzufinden.

Ich habe fast die ganze Zeit draußen an Deck in einem Liegestuhl gesessen. Ich mag es, aufs Meer zu gucken. Wenn ich zu Hause in meinem Zimmer aus dem Fenster gucke, dann starre ich auf eine graue Wand. Das nächste Haus in unserer Siedlung steht so dicht, dass ich es von meinem Fenster aus fast berühren kann. Wenn meine Gedanken aus meinem Kopf hinaus wollen, dann prallen sie gegen diese Wand und kommen mit voller Wucht zu mir zurück. Irgendwann bleiben meine Gedanken dann einfach in meinem Kopf und wollen gar nicht mehr nach draußen. Dann bekomme ich Kopfschmerzen. Ich bekomme ziemlich oft Kopfschmerzen in letzter Zeit. Kann aber auch etwas mit meinen Augen zu tun haben. Die sind nicht besonders gut. Jedenfalls hat das der Augenarzt festgestellt, als Mama mich wegen der vielen Kopfschmerzen von Arzt zu Arzt geschleift hat.

Jetzt habe ich eine Brille. Und Kopfschmerzen habe ich trotzdem noch, wenn ich in meinem Zimmer bin.

Auf dem Meer war das anders. Da flogen meine Gedanken über das Wasser und verloren sich irgendwo ganz weit draußen und machten Platz für immer neue und neue Gedanken. Ich habe da im Liegestuhl gesessen, den Wind, die Gischt und das Salz in meiner Nase hochgezogen, bis sie brannte, und meine Gedanken wirbelten durch den Kopf und drängten nach draußen. Erst waren es nur ganz kleine Gedanken, kurze, so in der Art – was für ein Glück, dass ich hier sitzen kann und dass es nicht regnet, und wie blöd, dass meine Brille von der Gischt so nass wird, dass ich dauernd drüber wischen muss, und hoffentlich sind die anderen in der Gruppe nett, und schade, dass ich an mein Gepäck jetzt nicht rankomme, ich habe nämlich vergessen, mein Buch mit an Deck zu nehmen. Aber so nach und nach wirbelten die kurzen, schnellen Gedanken davon und machten Platz für andere Gedanken. Für lange Gedanken und schwere, solche, die nicht so nach oben blubbern wie Luftblasen, sondern die ganz langsam hochkommen, sich durch dich durchschieben, so als ob ihnen alles in dir viel zu eng ist.

Erst war da der Gedanke an meine Eltern und dass es meine ersten Sommerferien sind, die ich nicht zusammen mit ihnen verbringe. Quälend langsam drückte sich der Gedanke nach draußen.

Zum ersten Mal richtig lange alleine. PLOP.

Die ersten Sommerferien ohne meine Eltern. PLOP.

Dann kam der Gedanke an meine Oma, bei der ich viel lieber geblieben wäre, als in dieses Jugendcamp nach Schweden zu fahren.

Meine Oma. PLOP.

Da wäre ich jetzt gerne. PLOP.

»Du wirst sehen, das wird dir gut tun, mal so ein paar Wochen nur mit Gleichaltrigen zusammen zu sein«, hat Mama gesagt. Mama hat schon ziemlich lange keine Ahnung mehr davon, was mir gut tut und was nicht.

Übersetzt heißt das sowieso nur, dass es ihr und Papa gut tun wird, mal ein paar Wochen ohne mich zu sein. PLOP.

Papa war ein klitzekleines bisschen ehrlicher als Mama.

»Wir müssen mal raus aus allem«, hat er gesagt. »Mama muss mal raus. Seit *der Sache damals* fällt ihr zu Hause die

Decke auf den Kopf. Und diese Geschäftsreise nach Japan ist einfach ideal, um ein paar Wochen Auszeit für uns beide dranzuhängen.«

*Die Sache damals* ist mein kleiner Bruder, der kurz vor seiner Geburt in Mamas Bauch gestorben ist. Das ist schon fast ein Jahr her, aber Papa hat recht, seit *dieser Sache* geht es Mama nicht mehr gut. Ungefähr damals haben auch meine Kopfschmerzen angefangen, aber ich glaube nicht, dass ein Baby, das ich nie kennengelernt habe, etwas mit meinen Kopfschmerzen zu tun hat.

»In Japan kommt Mama mal auf andere Gedanken«, hat Papa gesagt, »und dir wird ein Sommercamp in Schweden richtig viel Spaß machen. Wirst sehen.« PLOP.

Die Gedanken an Mama und Papa und das tote Baby und unsere Ferien früher, als es Mama noch besser ging, schoben sich nach und nach an die Oberfläche und machten erst meinen Bauch und dann meinen Kopf ganz leer.

Ich habe über das Meer geguckt und mir vorgestellt, wie sich all meine Gedanken immer mehr zusammenballen, bis sie wie dicke dunkle Regenwolken über dem Wasser hängen und die Fischer an der Küste in ihren kleinen bunten Fischerbooten zu ihnen hochgucken und die Stirn runzeln. Ich überlegte, ob ich es wohl schaffen könnte, mit meinen Gedanken richtig dicke Gewitterwolken entstehen zu lassen und vielleicht sogar einen Sturm.

Erst als Mario mich fragte, ob ich nicht Lust hätte, mit den anderen die Fähre zu besichtigen, habe ich gemerkt, dass ich seit einiger Zeit ganz alleine dagesessen habe. Die anderen wollten unbedingt ins Kino, durch die Gänge rennen, mit dem Fahrstuhl fahren und das Burger-Restaurant ausprobieren. Als die Mädchen dann im Duty-Free-Shop sämtliche Parfums leer gesprüht haben, gab es ziemlichen Ärger und Mario, Jan und Hannah haben die Gruppe wieder an Deck zusammengetrieben.

Jetzt wohne ich also wegen Svenja mit denen zusammen, die auch noch nicht vierzehn sind. Sie heißen Tamara, Birte und Lara. Tamara und Birte sind dreizehn. Lara ist erst zwölf.

Ich muss mir eine Hütte mit einer Zwölfjährigen teilen. Gestern habe ich gesehen, wie Lara zwei Barbies aus ihrem Rucksack geholt und unter ihrem Kopfkissen versteckt hat. Ich hab nur die Augen verdreht und bin nach draußen gegangen.

Wenn ich schon vierzehn wäre, hätte ich in einer Hütte mit Jenny, Carolin und Juma wohnen können. Die sind vierzehn und fünfzehn, Juma ist sogar schon fast sechzehn. Juma hat als einzige einen festen Freund. Nicht hier im Camp natürlich, sondern zu Hause. Jason heißt der und Juma redet die ganze Zeit nur von ihm. Wie sehr sie ihn vermisst, wie toll er küsst, dass sie sich die ewige Liebe geschworen haben und dass seine Eltern überhaupt nichts dagegen haben, wenn sie bei ihm übernachtet. Sie redet und redet. Jason hier, Jason da. Und dabei pustet sie die ganze Zeit eine ihrer blonden Haarsträhnen aus dem Gesicht und spielt mit so einer durchgebrochenen halben

Münze, die sie an einer dünnen silbernen Kette um den Hals hängen hat. Das Zeichen der Liebe, sagt Juma. Die andere Hälfte hängt um Jasons Hals und erinnert ihn immer daran, dass sie seine Freundin ist.

Wenn ich irgendwann mal einen Freund habe, dann nur, wenn er sich auch ohne Anhänger an mich erinnert. Was soll ich denn mit einem, der mich vergisst, nur weil er keine halbe Münze um den Hals hängen hat?

Juma sagt, Jason ist schon ihr dritter Freund. Ich frage mich, ob sie jedes Mal so eine durchgebrochene Münze gekauft hat? Die gibt es nämlich nur im Doppelpack. Extra für Verliebte, sagt Juma. Dann hat sie jetzt vermutlich schon drei halbe Münzen zu Hause.

Jenny, Carolin und Juma sitzen zusammen im Gras. Ich sitze neben ihnen auf einem von diesen dicken Steinen und versuche zu lesen. Obwohl ich sie fast berühren kann, sehen sie mich nicht. Für sie bin ich Made. Und eine Made auf einem hellen Stein ist unsichtbar.

Juma hat Jason vor drei Wochen kennengelernt. Er ist die ganz große Liebe. Ein Volltreffer. Er sieht toll aus, spielt Fußball im Verein und macht jetzt in den Ferien seinen Führerschein. Nach den Sommerferien hat er Geburtstag und dann schenken seine Eltern ihm ein Motorrad. Jenny und Carolin seufzen. Ich starre weiter in mein Buch. Versuche, mich auf den Text zu konzentrieren. *Tschick* ist mein absolutes Lieblingsbuch. Ich habe es schon dreimal gelesen. Ich habe gehört, dass der Autor sich umgebracht hat, weil er sehr krank war. Er konnte nicht mehr richtig denken, weil die Krankheit in seinem Kopf war, und bevor er gar nicht mehr denken konnte, hat er sich lieber erschossen. Ich stelle mir vor, dass sein Kopf so war wie die Wand vor meinem Zimmer. Eine Wand rund um ihn herum. Nur eben noch viel dichter, und dass all seine Gedanken einfach nicht mehr nach draußen konnten und dann wurde es enger und enger in seinem Kopf.

»Nimmt er dich dann mit?«, fragt Jenny.

Ich gucke kurz von meinem Buch hoch und stelle mir Jason mit seinem Motorrad vor. Er trägt eine Lederjacke. Ein Gesicht muss ich mir nicht vorstellen, weil er einen Helm aufhat. Juma spart auch für einen Helm. Für einen schwarzen. Weil schwarz obercool ist. Ihre Mutter will ihr was dazugeben. Wegen der Sicherheit. Und weil ihre Mutter Jason auch ganz toll findet. Dass Jason raucht, darf sie aber nicht wissen.

»Wollen wir auch eine rauchen?« Juma zieht ein ganz zerknautschtes Päckchen Zigaretten aus der Jeans. Carolin starrt sie mit großen Augen an.

»Wo denn?«, fragt Jenny. Sie fragt das ganz ruhig. So als ob Rauchen für sie das Normalste von der Welt sei.

»Drüben im Birkenwäldchen.« Juma nickt mit dem Kopf rüber zum See.

»Gibt gleich Essen.« Carolin zeigt auf die Hütten. Mario schleppt gerade einen riesigen dampfenden Topf zu den Tischgruppen, die draußen vor den Hütten stehen. Heute haben die Jungs Tischdienst.

»Dann nach dem Essen.« Juma steht auf, stopft die Zigaretten zurück in die Hosentasche. »Aber Klappe halten, okay?« Sie klopft sich das Gras von den Jeans und versetzt mir einen Stoß. »Du auch, Made, kapiert?«

Ich bin wohl doch nicht ganz unsichtbar.

Wir schlendern rüber zu den anderen. Die Jungs sitzen schon und klopfen rhythmisch mit dem Besteck auf dem Tisch rum. Sind doch alles noch Babys, sagt Juma. Obwohl Torben fast einen Kopf größer ist als sie. Aber Torben ist erst vierzehn. Konrad auch. Die anderen sind noch jünger.

»Mario ist ganz süß.« Juma flüstert so laut, dass wir es alle hören. »Den würde ich nicht aus dem Bett werfen.«

»Bett? Hast du denn schon mal …?« Jenny rückt ein bisschen dichter.

»Was soll sie denn mit Mario? Sie hat doch Jason.« Carolin zeigt auf den Anhänger um Jumas Hals. Juma lacht und wirft ihre Haare nach hinten. »Na und. Was er nicht weiß, macht ihn nicht heiß.« Sie macht einen Knoten ins T-Shirt. Bauchfrei. Das Piercing in ihrem Bauchnabel hat sie gestern Abend schon herumgezeigt.

Mario verteilt Spaghetti, Hannah klatscht Tomatensoße auf die Nudeln. Ich trinke den Tee, den Svenja mir vor die Nase stellt, in einem Zug aus. Er ist lauwarm und zu süß. Von dem Zeug bekomme ich nur noch mehr Durst. Ich würde gern nach Wasser fragen. Aber den anderen scheint der Tee zu schmecken. Die ersten beiden Krüge sind schon leer. Jan steht auf und holt noch einen Krug. Er füllt mein Glas wieder auf. Ich gucke zu Carolin rüber. Die stochert schon die ganze Zeit auf ihrem Teller in der Tomatensoße rum.

»Suchst du was?«, fragt Svenja sie. Die anderen lachen.

»Ist die vegetarisch?« Carolin guckt fragend hoch. »Ich esse nämlich nur vegetarisch.«

»Auf der Fähre hast du aber noch einen Burger gefressen.« Juma schiebt sich eine Portion Nudeln in den Mund. Sie sagt wirklich ›gefressen‹. Und dabei grinst sie mich an. Ich gucke schnell auf meinen Teller. Tue so, als ob ich nichts gemerkt hätte. Aber jetzt stochere ich genauso im Essen rum wie Carolin.

Was wir heute noch machen, will Olaf wissen. Olaf gehört zu den Jüngeren. Wie bei uns Mädchen gibt es bei den Jungs zwei Gruppen. In der einen Hütte schlafen Olaf, Ben, Alex und Malte. Alex ist zwölf. Die anderen sind dreizehn. Torben, Konrad, Marvin und Paul teilen sich die andere Hütte. Die Jungs wollen zum See. Baden. Am See soll ein Ruderboot liegen, das hat Mario gestern bei der Ankunft erzählt. Sie wollen das Boot ausprobieren.

Ich will auf keinen Fall baden. Dabei habe ich extra für diese Ferien einen neuen Badeanzug bekommen. Dunkelblau. Du musst dunkle Farben tragen. Das kaschiert. Hat die Verkäuferin gesagt und meine Mutter angelächelt. Frag schon, habe ich gedacht. Los, trau dich endlich. Ich konnte die Frage ja sowieso auf ihrem Gesicht lesen: Wie kommt eine so schöne, schlanke Frau zu einer so fetten, blassen Tochter? Ich brauche keinen Badeanzug, der kaschiert, ich brauche einen, der unsichtbar macht. Aber ich habe die Klappe gehalten und meine Mutter hat den Badeanzug gekauft und mir während der ganzen Heimfahrt erzählt, wie viel Spaß ich in Schweden haben würde und wie toll die Sommer dort seien.

Disco. Tamara schlägt Disco vor. »Babydisco«, sagt Juma und lacht.

»Wow, Babydisco!«, ruft Jenny und lässt den Kopf kreisen. Juma lacht noch lauter. So fängt es an. So fängt es immer an und in zwei, drei Tagen dann sitzen sie hier und reden über das, was am Discoabend passiert ist und noch auf der Heimfahrt reden sie drüber und später, vielleicht treffen sie sich, und dann kommen die Sprüche. Dann muss Juma nur »Babydisco« sagen und alle lachen sich kaputt und gucken dich dabei an und du bist die Einzige, die nicht mitlacht. Und am Schluss grölen sogar die mit, die gar nicht dabei waren und überhaupt nicht wissen, worum es geht.

Babydisco. Wie im letzten Herbst. Die Geburtstagsfeier von Kim. Kim aus meiner Klasse. Dreizehnter Geburtstag. Das war damals ein richtiges Thema. Der Dreizehnte. Wer dreizehn wurde, gehörte dazu, war kein Baby mehr. Aber hier ist das anders. Dreizehn ist noch nicht vierzehn.

Ich hatte mich auf Kims Geburtstag gefreut. Auf *Schokoladenessen. Wer bin ich?* So was halt. Vielleicht *Reise nach Jerusalem*. Oder ein Quiz. Bei einem Quiz ist es egal, ob du dick bist oder nicht. Aber die anderen wollten tanzen. Kim hatte von ihrem Bruder einen Lautsprecher für ihr Smartphone bekommen. Sie ließ ihre Playlist hoch- und runterlaufen, die anderen sangen mit und bewegten sich im Takt. Ich kannte keinen einzigen Song. Kims Mutter versuchte, mich zum Tanzen zu überreden. Sie fasste mich einfach an den Händen und zerrte mich mitten ins Zimmer. Dann stampfte sie dauernd von einem Bein auf das andere. Ist doch gar nicht so schwer! Sie brüllte gegen die Musik an. Irgendwann sagte ich ihr, dass ich aufs Klo müsse. Und da bin ich dann geblieben, bis es Abendessen gab. Hat niemand gemerkt.

Und jetzt? Jetzt ist man mit fünfzehn schon zu alt zum Tanzen. »Babydisco«, sagt Juma nochmal und ich lache auch schnell. Tanzen ist genauso schlimm wie schwimmen. »Disco ist doch Kinderkram.« Sie zwinkert Mario zu, aber der tut so, als ob er nichts merkt.

Mario und Jan scheuchen die Jungs zum Tischabräumen und Geschirr waschen. »Die Mädchen haben heute frei«, erklärt Svenja. Lara und Birte quietschen vor Begeisterung.

»Dafür dürft ihr morgen früh die Lunchpakete packen.« Paul streckt ihnen die Zunge raus und Svenja erklärt, dass wir morgen alle zusammen einen Ausflug machen. Wir wollen zu einem stillgelegten Bergwerk fahren, das man besichtigen kann. Gleich nach dem Frühstück soll es losgehen und deshalb gibt es heute auch keine Disco mehr. »Damit ihr morgen fit seid«, sagt sie.

# 2

Ich bin nicht superfett. Also nicht so fett wie diese Leute, die manchmal in Talkshows auf zwei Stühlen gleichzeitig sitzen, während eine magersüchtige Moderatorin mit ihnen über die neuesten Diäten redet und dabei total verständnisvoll tut. Oder wie der Mann, der letztes Jahr irgendwo in Amerika von einem Kran durch das Dach aus seinem Haus geholt werden musste, weil er nicht mehr durch die Tür passte.

Aber ich bin dick. Und ich weiß das auch. Natürlich könnte ich jetzt sagen, dass ich einfach nur ein bisschen breiter gebaut bin oder schwerere Knochen habe als andere. Ich könnte mir auch einreden, dass sie nur deshalb *Fettarsch* oder *Made* zu mir sagen und mich in Sport immer als letzte in ihre Mannschaft wählen, weil sie neidisch auf meine tollen langen Haare oder meine guten Noten sind. Aber leider stimmt das nicht. Meine Haare sind weder toll noch lang, sondern gehen mir gerade mal bis zur Schulter. Und in der Schule bin ich auch nicht besonders gut.

Die Wahrheit ist: Ich BIN dick. Meine Oberschenkel stoßen beim Laufen aneinander und meine Jeans sind so groß, dass eine wie Juma locker zweimal reinpassen würde. Deshalb trage ich auch lieber Röcke mit weiten Pullovern drüber. Am besten ist es jetzt im Sommer, da kann ich diese Kleider anziehen, die Matze aus meiner Klasse immer *Mades Hauszelte* nennt. Aber in einem Hauszelt muss ich wenigstens nicht die ganze Zeit die Luft anhalten oder den Bauch einziehen. Dieses Hauszelt starrt Svenja gerade so entsetzt an, als hätte ich mich in einen von den blauen Müllsäcken gehüllt, die sie in jeder Hütte an die Wand genagelt hat.

»So kannst du auf keinen Fall mitkommen. Lange Hose, feste Schuhe, Sweatshirt und Jacke hatten wir gesagt. Und denk dran, dass alle, die jetzt im Bus mitfahren, auf dem Rückweg laufen müssen.«

Kann sein, dass sie das gesagt haben. Heute Morgen, während wir Mädchen die Lunchpakete für den Tag vorbereiten sollten. Belegte Brote, Äpfel, einen Becher Joghurt für jeden, Wasser. Und zwei Packungen Haferkekse.

»In Kleva Gruva wird es richtig kalt, ganz egal wie warm es draußen ist. Schließlich gehen wir tief unter die Erde.«

Kleva Gruva. So heißt dieses Bergwerk, zu dem wir fahren wollen. Die erste Gruppe ist mit Hannah schon vor zwei Stunden losgelaufen. Ich bin in der zweiten Gruppe. Das verschafft mir noch ein bisschen Zeit. Über Kleva Gruva weiß ich nicht viel. Nur, dass es ein stillgelegtes Bergwerk ist, das man auf eigene Faust erkunden kann. Und dass sich in dessen Mitte ein tiefer grüner See befinden soll. Ach ja, und dass man am Eingang mit einem Helm und einer Grubenlampe ausgerüstet wird, weil ein Teil der Gänge und Stollen nicht einmal beleuchtet ist. So viel steht fest: Ich werde ganz sicher nicht mit einer Taschenlampe in einem stockfinsteren Stollen herumkriechen. Aber das sage ich nicht. Auch nicht, dass ich die halbe Nacht nicht schlafen konnte, weil immer mehr Fragen in meinem Kopf nach oben ploppten. Zum Beispiel die Frage, woran man eigentlich merkt, dass man sich in jemanden verliebt hat und woher man weiß, ob der andere auch in einen verliebt ist. Und ob Babys, die sterben bevor sie geboren wurden, auch schon eine Seele hatten. Und wie ich es verhindern kann, dass ich mit in dieses dämliche Bergwerk muss.

Irgendwann mitten in der Nacht habe ich es aufgegeben und bin aufgestanden. Ich bin nach draußen geschlichen und zu dem hellen Stein gegangen, auf dem ich am Tag schon gesessen habe.

Es ist ja zum Glück nie wirklich dunkel in Schweden. Also zumindest im Sommer nicht. Im Winter soll es dafür den ganzen Tag über so finster sein, dass viele Leute richtig depressiv werden.

Als ich näher kam, sah ich, dass der Stein schon besetzt war. Mario saß darauf und hatte Svenja auf dem Schoß. Die beiden waren so mit Knutschen beschäftigt, dass sie mich gar nicht bemerkt haben und ich bin ganz langsam rückwärts geschlichen und wieder zurück in unsere Hütte gegangen. Wenn das Juma wüsste, habe ich noch gedacht und fast so etwas wie Schadenfreude gespürt und dann bin ich doch irgendwann eingeschlafen.

»Los, zieh dich um, damit ihr endlich fahren könnt. Und denk an dein Badezeug.« Svenja dreht sich um und geht zu den anderen, die schon dabei sind, sich um die Sitzplätze in dem VW-Bus zu streiten, der zu unserem Camp gehört.

Einen Moment lang überlege ich, einfach stehen zu bleiben und abzuwarten. Vielleicht lassen sie mich ja wirklich hier, wenn ich nicht die passende Kleidung trage. Aber der Blick, den Svenja mir über die Schulter zuwirft, macht mir klar, dass dies wohl keine Option ist.

Also gehe ich zurück zu den Hütten. Drinnen zerre ich meinen Rucksack unter dem Bett hervor. Packe meinen Badeanzug und ein Handtuch rein. Werde ich sowieso nicht brauchen. Dann ziehe ich mein Kleid über den Kopf und stopfe es auch noch dazu. Obwohl ich jetzt nur noch Unterwäsche anhabe, ist mir total warm. In der Hütte steht die Luft. In den Sonnenstrahlen, die durch das Fenster fallen, tanzen Staubflocken. Wenn es den Staub nicht gäbe, könnte man die Sonnenstrahlen gar nicht sehen. Hab ich mal irgendwo gelesen und fand das richtig schön. Ist also nicht immer alles schlecht.

Auf Laras Bett sitzen die Barbies und starren mich an. Ich ziehe schnell den Bauch ein und quetsche mich in meine Jeans. Den Reißverschluss zerre ich noch hoch, aber den Knopf lasse ich einfach offen. Zum Glück gibt es hier keinen Spiegel. Als ich endlich fertig angezogen bin, läuft mir der Schweiß über den Rücken. Bestimmt ist mein

Gesicht schon ganz rot. Das ist auch so was, das nur mir passiert. Wenn ich zum Schulbus laufe zum Beispiel. Oder im Sportunterricht. Oder hier jetzt in dieser Hütte. Ich schwitze und kriege rote Flecken im Gesicht. Die anderen sehen immer irgendwie gut aus und frisch und gepflegt und für sie ist das ganz normal. So wäre ich gerne. So normal.

Ich hänge mir meinen Rucksack über die Schulter. Jacke. Hat Svenja auch noch gesagt. Hier drin ist Hochsommerhitze. Ich reiße die Jacke vom Haken und stoße die Tür auf.

Als ich endlich mit Jeans und dem restlichen Zeug bekleidet zurückkomme, sind alle Plätze in dem Bus schon besetzt. Alle, bis auf einen in der letzten Reihe. Jan reißt die Schiebetür auf. Carolin muss nochmal raus, damit ihr Sitz umgeklappt werden kann. Für mich. Juma sitzt ganz vorne in der Mitte. Zwischen Mario und Jan. War ja klar.

Ich quetsche mich an den anderen vorbei auf den freien Platz. Auf der Bank sitzen schon Ben und Olaf. Meinen Rucksack nehme ich auf den Schoß. Als Carolin den Sitz wieder zurückfallen lässt, rammt sie mir den Rucksack in den Bauch. Ich schnappe nach Luft. Anschnallen muss ich mich nicht mehr. Ich kann mich sowieso keinen Millimeter bewegen. Ich will hier nicht sein.

»He, mach dich nicht so fett!« Olaf stößt mir seinen Ellenbogen in die Seite.

»Die ist fett.« Ben flüstert nur, aber ich höre es trotzdem. Mario wirft mir einen kurzen Blick durch den Rückspiegel zu, dann startet er den Motor. Svenja steht draußen und winkt. Sie bleibt im Camp und kümmert sich um irgendwelchen Papierkram. Und ums Abendessen.

Ich lege meinen Kopf an die Scheibe. Im Bus ist jetzt schon keine Luft mehr, dabei sind wir noch nicht mal richtig losgefahren. Es riecht nach verschwitzten Turnschuhen und mindestens fünf Sorten Deo. Ich rücke soweit es geht von Olaf weg, aber unsere Beine berühren sich trotzdem. Ist einfach zu eng hier. Und dann noch die warmen Klamotten. Ich würde jetzt gerne das Fenster aufmachen, aber die hinteren Fenster im Bus lassen sich nicht öffnen. Eine Klimaanlage gibt es auch nicht, dafür ist der Bus zu alt, hat Mario gesagt. Nur wer vorne sitzt, kriegt frische Luft ab.

»Ihr werdet es schon überleben.« Jan sitzt auf dem Beifahrersitz und kurbelt seine Scheibe runter. »Wir fahren ja höchstens eine halbe Stunde.«

Juma legt ihre Arme rechts und links auf die Rückenlehne. Von hinten sieht es aus, als wolle sie Jan und Mario gleichzeitig umarmen. Sie hat Stöpsel im Ohr und wippt die ganze Zeit mit dem Oberkörper zu einer Musik, die nur sie hören kann. Ihre Haare flattern im Fahrtwind.

Caro beugt sich nach vorne und kramt nach irgendwas zwischen ihren Füßen. Als sie wieder hochkommt, hat sie ein Päckchen Kaugummi in der Hand. Sie tippt Mario auf die Schulter und hält ihm das Päckchen hin. Mario nickt und sagt irgendwas. Carolin fummelt einen Kaugummi aus dem Päckchen. Als sie ihn Mario reichen will, dreht Juma sich blitzschnell um und reißt ihr den Kaugummistreifen aus der Hand. Ganz langsam, wie in Zeitlupe, wickelt Juma den Streifen aus. Ihre Haare flattern weiter im Wind und fast warte ich darauf, dass sie das auch in Zeitlupe tun. Dann beugt sie sich rüber zu Mario und schiebt ihm den Kaugummi in den Mund. Dabei guckt sie nach hinten zu Carolin und zwinkert ihr zu. Carolin zuckt mit den Schultern, dreht sich um und hält mir das Päckchen hin.

»Willst du auch einen? Ist auch ohne Zucker.«

Und sie guckt dabei auf den Rucksack vor meinem Bauch und dann irgendwo neben mich.

Ich schüttele schnell den Kopf. Presse mein Gesicht wieder an die Scheibe. Draußen ziehen Bäume vorbei. Bäume. Bäume. Bäume. Zwischen den Bäumen blitzt immer mal wieder ein Streifen Blau hervor. In Schweden gibt es viel Wald und viele Seen, hat Oma gesagt.

Jenny nimmt einen Kaugummi von Carolin, dann greift sie nach vorne und zieht Juma die Kopfhörer aus den Ohren.

»Mach doch mal Radio an.«

Juma dreht an den Knöpfen, sucht einen Sender. Erst ist da nur Rauschen, dann Knistern, dann tönt irgendein Schlager durch den Bus. Schwedisch.

»Cool, lass mal.« Jenny schiebt ihre Sonnenbrille auf den Kopf und schält sich aus ihrer Jeansjacke. Drunter trägt sie nur noch ein Top. Auf ihrer Schulter sehe ich ein Tattoo. Ein kleines Herz.

Jetzt beugt sie sich zu mir nach hinten. Fummelt dabei an einem der Spaghettiträger. Zupft was zurecht.

»Ist dir auch so warm?«

Noch bevor ich antworten kann, dreht sie sich wieder um. »Mach mal lauter!«

Juma stellt das Radio lauter und Jenny fängt an mitzusingen. Also nicht richtig. Jenny kann kein Schwedisch. Sie singt *Römtömtöm* und *Smörrebröd* und solche Sachen und dann fangen auch die anderen an.

Ich lege mein Gesicht wieder an die Scheibe und gucke nach oben und versuche, ein Stückchen Himmel zu sehen. Der Himmel ist auch blau. Und in dem blauen Himmel hängen die Wolken wie weiße Wattebäusche. Ich überlege, wie der Himmel in Japan wohl aussieht. Rechne aus, wie viel Uhr die da jetzt haben. Irgendwas mit sieben Stunden später oder so. Kann man sich gar nicht vorstellen, dass der gleiche Tag einfach schon sieben Stunden älter ist. Und dann wieder der Blick zur Seite. Bäume. Bäume. Wenn ich die Augen halb schließe, verwischen die Bäume zu einer Wellenlinie. Das Vibrieren der Scheibe an meiner Stirn und die Stimmen der anderen im Hintergrund machen mich schläfrig. Ich versuche zu schlafen, spüre, wie sich meine Gedanken in mir drin mit den Bildern da draußen zu merkwürdigen Träumen vermischen. Ich sehe diese Wellen und dazwischen läuft meine Oma und winkt mit einer japanischen Flagge, in der anderen Hand hält sie eine Barbie und ruft irgendwas.

Dann hupt Mario plötzlich, wir werden langsamer, alle grölen, rufen, winken, und ich schrecke auf. Meine Oma ist verschwunden, die Wellen sind wieder zu Bäumen geworden.

Ich drehe mich um und gucke nach hinten. Durch das Heckfenster kann ich die andere Gruppe sehen. Die Wanderer. Hannah winkt. Deutet nach links. Zwei rennen ein Stück hinter uns her, bleiben dann aber stehen. Mario setzt den Blinker, obwohl das hier keinen interessiert, ist ja weit und breit kein anderes Auto da, biegt ab und fährt mitten rein in den Wald. Die Straße ist jetzt nicht mehr aus Asphalt, sondern nur noch aus Kies. Der Bus ruckelt und schaukelt über den Weg, Mario schaltet das Radio wieder aus. Wir werden so durchgerüttelt, dass ich dauernd gegen Olaf rutsche. Ich würde mich gerne an Carolins Sitz festhalten, aber mein Rucksack ist dabei im Weg. Da schreit Ben plötzlich, dass er einen Elch gesehen hat. Olaf hört sofort auf, an mir rumzuschieben. Aber da war kein Elch. Nur ein Holzstapel am Straßenrand. Was die hier so Straße nennen, sagt Mario. Und Jan erzählt, dass die ganzen deutschen Touris so scharf auf Elche sind, dass die schwedischen Kinder ihnen sogar Elchkacke verkaufen und damit ihr Taschengeld aufbessern. Die gehen tatsächlich in den Wald und sammeln die Elchkacke und stopfen sie in leere Honig- oder Marmeladengläser und verkaufen sie dann an die Touristen.

Olaf und Ben wollen sofort auch Elchkacke sammeln. Aber Mario sagt, dass wir gleich da sind und dass jetzt auch gerade gar keine Saison ist für Kacke. Dann fährt er rechts ran, wir halten, steigen aus. Endlich Luft.

»Jetzt eine Zigarette«, sagt Juma. Sie spricht ganz leise, aber Mario runzelt trotzdem die Stirn. Juma zwinkert ihm zu. »Kann ich mal Wasser haben? Bitte?«

Mario nickt, geht zur Heckklappe, öffnet sie. Juma reißt eine Flasche Wasser aus der Folie, schraubt sie auf und setzt sie an den Mund. Sie legt den Kopf in den Nacken und trinkt, als hätte sie nicht eine halbe Stunde Autofahrt hinter sich, sondern die Durchquerung der Sahara. Dabei läuft ihr das Wasser übers Kinn, den Hals, tropft in den Ausschnitt und läuft weiter über ihr T-Shirt.

Jenny reißt Juma die Flasche aus der Hand. »He, lass mich auch mal.«

Olaf und Ben glotzen auf Jumas nasses Shirt.

Ich sehe mich um. Wo sind wir eigentlich? Links steht eine Blockhütte mit einem großen offenen Fenster, davor ein Brett wie eine Theke. So eine Art Kiosk mitten im Wald. Daneben ein kleiner Schuppen. Mario geht zu dem Fenster, sagt irgendwas zu der Frau, die jetzt ihren Kopf rausstreckt und uns mustert.

Von weiter hinten Rufen und Stöhnen und Winken. Die Wanderer sind jetzt auch da. Wir packen die Rucksäcke in den Bus. Badesachen brauchen wir in dem Bergwerk nicht. Alle wollen jetzt schnell noch was trinken, Lara und Birte müssen nochmal aufs Klo. Die Frau zeigt aus dem Fenster auf den Schuppen. Jan schiebt den Riegel zurück, hält den beiden die Tür auf. Im Schuppen ist ein Plumpsklo. Fliegen schwirren ins Freie.

»Igitt, das stinkt!« Lara hält sich die Nase zu, Birte fasst sie an der Hand und zieht sie hinter sich her, kichernd verschwinden die beiden im Inneren, ziehen die schwere Holztür wieder hinter sich zu.

»Los, kommt mal hier rüber! Helme anprobieren! Wir können gleich reingehen.« Mario steht am Tresen und winkt. Vor ihm liegt eine Reihe leuchtend gelber Helme, an seinen Armen baumeln lange Schnüre mit Taschenlampen.

# 3

Ich war noch nie in einem Bergwerk. Die anderen auch nicht. Hannah erzählt von einer Tropfsteinhöhle, die sie früher mit der Schule mal besichtigt hat. Stalagmiten. Stalaktiten. Tropfsteine, die aus dem Boden wachsen. Tropfsteine, die von der Decke hängen. Und dass sie die Namen nie auseinanderhalten konnte.

»Da gibt es einen ganz einfachen Merksatz.« Jan klingt wie mein Erdkundelehrer.

»Klar. Titten hängen!« Konrad grinst. Ben und Olaf grölen los. Hannah wirft Jan einen bösen Blick zu.

Jan versucht zu retten, was nicht mehr zu retten ist: »Stalagmiten wachsen aus dem Boden. Das kann man sich ganz leicht merken. Wegen des **M** in der Mitte. Die Spitzen des **M** wachsen aus dem Boden.«

Keiner hört ihm zu.

Mario verteilt schnell die Taschenlampen. Umhängen. Einschalten. Einmal die Batterie testen. Brennt. Jetzt den Helm. Malte und Alex hauen sich gegenseitig mit den Taschenlampen auf die Köpfe. Probeweise. Mal gucken, was die Helme so aushalten. Die Frau am Fenster schimpft erst auf Schwedisch, dann auf Deutsch. Torben hat Hunger. Birte zeigt auf die Eiskarte, die neben dem offenen Fenster hängt. Jetzt wollen die anderen auch Eis, aber Jan erklärt, dass wir erst in die Höhle gehen und danach ein Picknick machen. Er drückt mir einen Helm in die Hand. Einheitsgröße. Zum Glück.

In der Schule waren wir kurz vor den Sommerferien mit der ganzen Klasse beim Rudern. Es hat ewig gedauert, bis der Typ vom Bootsverleih eine passende Schwimmweste für mich gefunden hat. Die ganze Klasse stand daneben und hat zugeguckt.

»Die braucht doch gar keine Schwimmweste.«

»Fett schwimmt doch oben.«

»Guck mal, eine Seekuh.«

Ich hab dann später in dem Boot gesessen und nur noch darauf gewartet, dass der Tag rumgeht.

Dabei fand ich es eigentlich schön auf dem Wasser.

So friedlich.

Schnell greife ich nach dem Helm. Passt. Erleichtert atme ich aus.

Juma hat Angst um ihre Frisur, aber den Helm muss sie trotzdem aufsetzen. Dann kriegt jeder von uns einen Zettel mit einer Zeichnung, die aussieht wie diese Labyrinthe für Kinder in Rätselheften. Welcher Weg führt die kleine Maus zu dem Käse? Weg A, B, C oder D? Die Zeichnung soll uns helfen, uns in den Gängen nicht zu verlaufen.

Mario gibt noch ein paar Anweisungen: »Es gibt keine Führung. Wir gehen alleine rein. Auf den ersten Metern brennt noch Licht. Später benutzt ihr die Taschenlampen. Ihr dürft euch trennen und in kleinen Gruppen losziehen. Aber: keine Extratouren. Bleibt immer zu zweit oder zu dritt. Wenn ein Stollen plötzlich endet, dreht ihr um und probiert einen anderen Weg. Ihr habt ja die Karten. In zwei Stunden treffen wir uns wieder am Ausgang.«

»Und wenn wir uns verlaufen?« Lara und Birte klammern sich jetzt schon aneinander wie Hänsel und Gretel. Mit weit aufgerissenen Augen starren sie Mario an.

»Ihr könnt ja Kieselsteine streuen.«

Kichern.

»Oder Brotkrumen.«

»Bisher ist noch niemand drinnen geblieben.«

»Vielleicht finden wir ein Skelett.«

»Buuh!«

»Oder einen Schatz.«

Jetzt reden alle durcheinander.

»Gibt es da drinnen Fledermäuse?«

»Und Spinnen?«

»Ich hasse Spinnen!«

Jenny will lieber draußen bleiben.

»Unsinn«, sagt Mario.

Und ich frage mich, was ich hier eigentlich mache.

»Zieht eure Jacken an!« Hannah zeigt auf Jennys Top. »In den Gängen wird es eiskalt.«

Ich ziehe den Reißverschluss meines Anoraks hoch. Meine Hände wandern ganz automatisch in die Jackentaschen, suchen ein bisschen herum. Alles was ich finde, ist ein benutztes Taschentuch vom letzten Winter und eine alte Busfahrkarte. Jetzt bereue ich es doch, vorhin keinen Kaugummi von Carolin genommen zu haben.

Die Gruppe setzt sich in Bewegung. Erst jetzt sehe ich die grüne Eisentür auf der anderen Seite des Platzes. Eine Tür in einem Berg. Der Eingang zur Unterwelt.

Mario wird nochmal zur Blockhütte zurückgerufen. Er reicht etwas über die Theke.

»Sind schon zu viele davon in den Gängen verloren gegangen und dann müsst ihr stundenlang suchen«, sagt die Frau und hängt den Autoschlüssel an einen Haken. Mir fällt wieder auf, wie gut sie Deutsch spricht.

Dann stehen wir endlich alle am Eingang. Jan zieht die schwere Tür auf. Kalte Luft strömt uns entgegen. Wir schlüpfen ins Innere. Niemand will der Erste sein, niemand der Letzte.

»Los geht's!«, sagt Mario und setzt sich an die Spitze. Juma läuft nur wenige Zentimeter hinter ihm. Keine Ahnung, wie sie das immer macht.

Natürlich gibt es sofort Gerangel und irgendwer schubst und drängelt. Es dauert, bis wir uns sortiert haben. Der Gang vor uns ist so schmal, dass wir nur einzeln hintereinander herlaufen können. Gänsemarsch. Über unseren Köpfen tauchen Kellerlampen alles in ein diffuses weißes Licht.

Schwarze Kabel hangeln an der niedrigen Decke entlang. So niedrig, dass die Größeren von uns sie leicht berühren können. Wir ziehen die Köpfe ein. Dicke Pfeiler und Stützbalken aus Holz erinnern daran, dass das hier keine natürliche Höhle ist. Die Gänge wurden vor langer Zeit von Menschen angelegt. Meter für Meter haben sie sich in den Berg hineingegraben. Der Boden unter unseren Füßen ist glatt und feucht. Wenn ich die Arme ausstrecke, kann ich die Wände rechts und links von mir anfassen. Kalte graue Felswände, die vor Nässe schimmern. Ich lasse mich zurückfallen, schlurfe hinter den anderen her. Keiner brüllt jetzt mehr. Die Gespräche sind fast vollständig verstummt. Immer tiefer drängen und schieben und flüstern und wispern wir uns in den Berg hinein. Die gelben Helme vor mir schaukeln auf und ab wie Bojen auf einem Meer.

Irgendwo weiter vorne wird das Licht schwächer. Die Abstände zwischen den Deckenlampen werden größer. Jetzt kann man die Strahlen der Taschenlampen über die Felsen huschen sehen. Dann tauchen die ersten Stollen rechts und links von unserem Gang auf. Die ganz Mutigen verlassen schon hier die Gruppe und biegen ab. Ich kann Konrad und Paul erkennen. In ihrer Mitte Jenny. Kichernd verschwinden sie in der Dunkelheit.

Mit der Taschenlampe leuchte ich auf den Plan in meiner Hand und versuche, mich zu orientieren. Das eigentliche Bergwerk beginnt erst hier richtig. In einer Nische sehe ich Schienenreste und eine rostige Lore. Ich wundere mich selbst, woher ich weiß, wie diese Transportkarren auf Schienen heißen, aber der Name ist plötzlich in meinem Kopf. Lore. Schön eigentlich. Lore. Klingt nach Sommer.

Ich lasse mich noch weiter zurückfallen, und es fühlt sich fast so an, als ginge ich ganz alleine durch diesen Berg mitten in Schweden.

Irgendwo da draußen dreht sich die Welt, irgendwo da draußen stehen Bäume und spiegeln sich Wolken in blauen Seen und werden Babys geboren und sterben und irgendwo da draußen ist der Tag schon viele Stunden weiter und Mama und Papa knien vielleicht in einem japanischen Restaurant und trinken Tee. Und ich stehe hier mitten in einem Berg, tief unter der Erde und flüstere vor mich hin. Lore. Lore. Lore.

Die anderen entfernen sich immer mehr. Weil ich zu weit weg bin, kann ich nicht mehr verstehen, was sie sagen. Ich knipse die Taschenlampe aus, stopfe den Plan in meinen Anorak und starre in die Dunkelheit. Keiner merkt, dass ich einfach stehengeblieben bin. Der Abstand zwischen uns wird größer und größer, niemand dreht sich um und sucht mich.

Ich warte einen Moment und lausche. Hinter mir schimmert noch das Licht, nicht sehr hell, aber doch so, dass man Schatten an die Wände wirft, wenn man sich bewegt. Ich denke an mein Kinderzimmer, früher, denke an das Nachtlicht, das immer brennen musste, und dann habe ich da gelegen, ganz still und die Tür musste einen Spalt offen bleiben und draußen haben Mama und Papa geredet oder manchmal auch Fernsehen geguckt, und ich habe die Stimmen gehört und davon geträumt, dass ich fliegen kann und alles war gut. Hier höre ich nichts mehr außer meinem eigenen Atem und ab und zu einen Wassertropfen, der auf den Boden fällt. Inzwischen ist es richtig kalt geworden.

Die Kälte dringt durch die Jacke und auch durch die Jeans, kriecht unter die Haut. Ich zerre die Ärmel meines Sweatshirts über die geballten Fäuste, weil auch meine Hände plötzlich ganz kalt sind. Etwas tropft von oben, läuft über meinen Nacken. Mit hochgezogenen Schultern überlege ich, wann das eine eigentlich aufgehört und das andere angefangen hat. Ich kann mich nicht mehr erinnern. Aber irgendwann war die Tür zu meinem Zimmer geschlossen, das Nachtlicht weggeräumt und die Stimmen meiner Eltern verstummt. Irgendwann lag ich ganz allein in der Dunkelheit und das war der Moment, in dem ich anfing, daran zu zweifeln, dass ich jemals fliegen kann.

Dann merke ich, dass ich die ganze Zeit mit geschlossenen Augen dagestanden habe.

Die anderen sind weg.

Plötzlich habe ich das Gefühl, nicht mehr atmen zu können. Jedes Mal, wenn ich einatme, strömt eisige Luft in meine Lungen. Ich muss mich bewegen, darf nicht länger einfach hier rumstehen.

Ich stolpere ein paar Schritte hinter den anderen her, überlege dann, welchen Sinn das noch haben soll. Die haben sich doch sowieso schon in alle Himmelsrichtungen verteilt, kriechen durch die Stollen und jagen Gespenster. Juma jagt vielleicht Mario, aber da kann sie lange warten, denke ich, denn Juma weiß ja nicht von Mario und Svenja, denke an das Geknutsche letzte Nacht, und dann drehe ich mich um und fange an, wieder zum Ausgang zu gehen. Dafür brauche ich weder einen Plan noch eine Taschenlampe. Je weiter ich zurückgehe, desto heller wird es. Unter meinen Füßen knirschen kleine Steine. Sonst ist es still.

Was, wenn die anderen mich suchen? Für einen kurzen Moment ist der Gedanke da. Was, wenn sich einer umdreht und fragt: Wo ist eigentlich Made? Es wird sich aber keiner umdrehen. Denn für sie bin ich unsichtbar.

Vom Gehen wird mir wieder wärmer. Meine Hände tauen etwas auf, meine Füße auch. Trotz der kalten Luft fange ich an, unter dem Helm zu schwitzen. Schweiß läuft mir über die Stirn, brennt in meinen Augen. Ich nehme die Brille ab und wische mir mit dem Jackenärmel übers Gesicht. Den Helm ziehe ich trotzdem nicht aus. Ich habe keine Lust mehr. Meine Beine tun weh in der viel zu engen Jeans, meine Schuhe drücken. Sie sind ganz neu. Extra für das Sommercamp gekauft. Genau wie der Badeanzug. Und jetzt drücken sie. Ich spüre, wie da eine Blase wächst an meiner linken Ferse. Ich bin müde.

»Denk dran, dass alle, die jetzt im Bus mitfahren, auf dem Rückweg laufen müssen.« Plötzlich ist da wieder Svenjas Stimme in meinem Kopf. Auf. Dem. Rückweg. Laufen.

Laufen. Am liebsten würde ich mich gleich hier und jetzt einfach auf den Boden setzen und sterben. Oder wenigstens schlafen. Meine Beine tragen mich trotzdem zu der Eisentür, die aus dem Bergwerk hinausführt. Ich lehne mich mit meinem ganzen Gewicht dagegen und stolpere nach draußen. Geblendet schließe ich die Augen. Als ich sie wieder öffne, ist meine Brille beschlagen.

»Wir treffen uns in zwei Stunden«, hat Mario gesagt. Ich habe keine Ahnung, wie viel Zeit schon vergangen ist. Ich trage keine Armbanduhr und mein Handy liegt bei meinen anderen Sachen in einer Blockhütte in einem Schrank, der von zwei Barbies bewacht wird.

Bestimmt sind erst fünfzehn Minuten rum oder so. Na gut. Vielleicht auch dreißig. Aber bestimmt nicht mehr als dreißig. Bleiben also noch neunzig Minuten, bis die anderen kommen. Neunzig Minuten geschenkte Zeit. Ich schaue mich um. Viel ist hier nicht. Bäume. Der Kiosk und daneben der Schuppen mit dem Klo. Weiter hinten ein paar Bänke und Tische. Neunzig Minuten. Ich hätte jetzt gerne mein Buch dabei, aber auch das liegt im Schrank.

Ich merke, dass ich mal muss. Gehe rüber zu dem Schuppen. Ein bisschen eklig ist das schon. Ich gehe rein, mache die Tür hinter mir zu, schiebe den Riegel vor. Hänge den Helm und die Taschenlampe an einen Nagel, der aus der Wand guckt. Schäle mich aus meiner Jeans. Halte die Luft an und setze mich auf den Holzkasten mit dem Loch in der Mitte. Danach so schnell wie möglich wieder ins Freie.

Und jetzt?

Mein Blick fällt auf den Bus weiter hinten auf dem Parkplatz. Und dann auf den Kiosk mit dem offenen Fenster. Ich schlendere rüber zum Kiosk und tu so, als ob ich mich für die Eiskarte an der Wand interessiere. Von der

Frau, die uns die Helme und Taschenlampen ausgehändigt hat, ist nichts zu sehen.

Und dann geht alles ganz schnell. Ich greife durch das offene Fenster, schnappe mir den Autoschlüssel vom Haken und humpele zum Bus rüber. Meine Ferse brennt jetzt mit jedem Schritt immer mehr. Leise schließe ich den Bus auf, schlüpfe auf die mittlere Bank und ziehe die Schiebetür wieder hinter mir zu. Den Schlüssel werfe ich nach vorne auf den Beifahrersitz.

Ich hätte gerne etwas getrunken, aber dann müsste ich die Heckklappe öffnen und dazu fehlt mir der Mut. Die Kioskfrau könnte mich entdecken und vielleicht wieder aus dem Bus jagen. Oder mich zurück zu den anderen schicken. Also kein Wasser. Dafür ein bisschen schlafen. Und vor allem raus aus den Schuhen. Ich zerre an den Schnürsenkeln und streife die Schuhe ab. Dann ziehe ich auch noch die Socke von meinem linken Fuß. Scheiße. Ich hab's ja gewusst. Eine fette rote Blase leuchtet mir von der Ferse entgegen. Mit dem Ding kann ich keinen Meter mehr laufen. Vorsichtig bette ich meinen Fuß auf die Bank, knöpfe meine Jeans auf, ziehe auch noch den Reißverschluss runter und schäle mich aus meinem Anorak.

Schon viel besser.

Ich rolle mich auf der Bank zusammen, ziehe die Beine an, stopfe den Anorak unter meinen Kopf. Ich mache die Augen zu. Nicht richtig schlafen. Nur ausruhen. Nur ein paar Minuten die Augen zumachen und ausruhen. Auf keinen Fall kann ich zurückwandern. Mit dem Fuß und der Blase sowieso nicht.

Aber jetzt lieg ich hier erst mal. Gesicht zur Rückenlehne. Viel Platz ist nicht. Augen geschlossen. Geschenkte Zeit. Eine Decke wäre schön. Obwohl mir nicht kalt ist. Trotzdem. Mit einer Decke wäre mehr Geborgenheit. Irgendwie.

# 4

Ich liege da mit geschlossenen Augen. Die Jeans kneift, obwohl sie schon offen ist, sieht ja keiner, aber ausziehen will ich sie nicht, ist auch zu eng hier im Bus. Aber meine Brille habe ich abgesetzt, behalte sie in der Hand. Nicht, dass sich nachher noch jemand draufsetzt oder mit seinen Wanderschuhen drauftritt.

Wanderschuhe. In meiner Ferse klopft und pocht es jetzt. Ich muss ganz bestimmt nicht mehr laufen. Geht ja nicht. Mit der kaputten Ferse in den zu engen Schuhen.

Es ist immer noch genug Zeit, bis die anderen kommen. Auch ohne Uhr weiß ich, dass noch Zeit ist. Da fällt mir ein, vorne im Bus müsste ja eine Uhr sein. Ich könnte aufstehen und nachsehen, wie spät es ist. Aber ist ja auch egal. Irgendwann sind sie einfach da. Ganz egal, wann. Nur jetzt noch nicht. Ich atme ein. Ich atme aus. Jetzt. Einatmen. Noch nicht. Ausatmen.

Ich stelle mir vor, dass ich in einem Boot liege. Klein und zusammengerollt liege ich da. In einem Ruderboot aus

Holz mitten auf dem Meer. Das Boot schaukelt auf den Wellen hin und her, ganz sanft, schaukelt mich in den Schlaf, immer hin und her und unter mir nur das Meer und über mir nichts als der Himmel. Es ist still um mich herum. Kein Wind weht. Nur leise schwappt das Wasser ans Holz. Ich komm ein bisschen ins Rutschen, mache mich noch kleiner, ziehe mich noch ein Stückchen mehr zusammen, Wind kommt auf, das Boot kreiselt auf dem Wasser, jetzt schwankt es heftiger, mein Kopf stößt irgendwo an. Ich rolle mich wieder ein. Lasst mich noch ein bisschen schlafen, nur ein paar Minuten noch. Das gleichmäßige Brummen beruhigt mich wieder, lullt mich ein, ich werde federleicht, gleite zurück in meinen Traum. Aber das Schaukeln hört nicht auf. Die Wellen werden höher, werfen das Boot jetzt auf und ab. Das Brummen wird lauter, immer lauter, dann falle ich fast von der Bank und dann –

bin ich hellwach.

Drei Sekunden später sitze ich kerzengerade im Bus.

Im.

Bus.

Wir fahren.

Wieso fahren wir denn schon? Habe ich so lange geschlafen? Ich brauche einen Moment, um meine Gedanken zu sortieren. Um wieder aufzutauchen aus meinem Traum. Taste nach meiner Brille. Finde sie. Setze sie auf. Will mit eigenen Augen sehen, was ich doch sowieso schon weiß. Ich bin in einem Bus, Marke VW. Neun Sitzplätze. Kein Ruderboot. Und da draußen ist auch nicht das Meer. Da draußen sind Bäume. Bäume, die vorüberziehen.

Mein erster Gedanke: Prima. Wir fahren tatsächlich schon. Also muss ich nicht mit den anderen zurücklaufen.

Mein zweiter Gedanke: Welche anderen? Hier sind keine anderen. Wo sind die überhaupt? Und wenn sie nicht im Bus sind, warum sind wir dann schon unterwegs? Und wer fährt überhaupt den Bus?

Und dann sehe ich den Jungen.

Das heißt, eigentlich sehe ich zuerst nur Haare. Rote und grüne Haare. Ampelfarben. Rot und grün. Irokese. Wie die Borsten eines Besens ragen sie hinter dem Fahrersitz hervor. Eine richtige Punkerfrisur. Darunter ein dünner schlaksiger Typ. Schwarze Lederjacke, der rechte Jackenärmel ist mit Sicherheitsnadeln angeheftet. Um das schmale Handgelenk ein Armband mit Nieten. So einer. Mehr kann ich von hinten nicht erkennen. Nur, dass er noch ziemlich jung sein muss. Erwachsen ist der nicht. Aber sitzt da auf dem Fahrersitz und steuert den Bus, als ob es seiner wäre. Ich ziehe mich nach vorne, beuge mich über die Rückenlehne und brülle ihm ins Ohr: »Sag mal, spinnst du?«

Tausend Fragen hab ich im Kopf.
Wer ist das?
Was hat er hier zu suchen?
Wo kommt der auf einmal her?
Spricht er überhaupt Deutsch?
Wie alt ist der eigentlich?
Wohin fahren wir?
Falsche Frage. Wohin fährt der mit mir?
Darf der überhaupt schon fahren?

Aber alles, was in diesem Moment aus meinem Mund kommt, ist: »Sag mal, spinnst du?«

Der Typ zuckt nicht mal zusammen. Guckt auch nicht hoch oder so. Hält einfach weiter beide Hände fest am Lenkrad, die Augen stur geradeaus auf die Straße gerichtet. Da sind wir nämlich gerade. Auf einer richtigen Straße. Nicht mehr auf dem Parkplatz und auch nicht mehr auf dem Waldweg, der zu dem Bergwerk führt. Und gleich noch eine Frage in meinem Kopf: Wie lange fahren wir schon?

»Kommt drauf an.«

»Was?«

»Du hast mich gefragt, ob ich spinne, und ich sage: Kommt drauf an.«

Da fällt es mir auf. Deutsch. Er hat Deutsch gesprochen. Kein Schwedisch. Er versteht mich also. Wenigstens das.

Jetzt wirft er mir einen kurzen Blick zu. Neben seiner Augenbraue sehe ich einen kleinen Ring. Ein Piercing.

»Worauf?« Ich lasse mich zurück auf meinen Sitz fallen. Schon wieder die falsche Frage.

»Auf die Perspektive.«

Perspektive? Wie redet der denn?

Die Gedanken in meinem Kopf überschlagen sich. Aus dem Camp ist der nicht. Aber woher dann? Auf dem Parkplatz vor dem Bergwerk war doch weit und breit niemand zu sehen. Einen Moment lang fühle ich mich, als hätte ich am Bahnhof den falschen Bus genommen und keine Ahnung, wie die Endstation heißt. Falscher Bus. Ich sehe mich um. Kann das sein? Bin ich in den falschen Bus gestiegen? Aber auf dem Parkplatz stand doch nur ein Bus. Der von Mario. Leuchtend rot. Ich hatte mir am Kiosk die Schlüssel geholt, war eingestiegen und hatte die Schlüssel auf den Beifahrersitz geworfen. Danach war ich eingeschlafen.

Schlüssel.

Beifahrersitz.

Ich mache die Augen zu. Vielleicht gehört das ja doch noch zum Traum. Ich öffne die Augen wieder. Der Junge ist immer noch da. Kein Traum.

Und dann fange ich an zu kapieren. Wo auch immer dieser Typ da vorne herkommt, er hat den Bus geklaut. Mir wird schlecht. Ein vollkommen durchgeknallter Typ mit einem roten und grünen Irokesenhaarschnitt und einem Piercing in der Augenbraue, der höchstens fünfzehn sein kann und ganz bestimmt noch kein Auto fahren darf, hat den Bus geklaut und mich gleich dazu, und jetzt fahren wir irgendwo mitten durch Schweden, und ich hab keine Ahnung, wie lange wir schon unterwegs sind und wohin wir fahren und was der Typ überhaupt vorhat. Ich muss raus. Ich muss aus diesem verdammten Bus raus. Jetzt sofort! Ich kann keine Sekunde länger hier drinbleiben. Was, wenn die anderen zurückkommen und der Bus ist nicht mehr da? Einen Moment stolpere ich über diesen Gedanken. Die anderen kommen aus dem Bergwerk und sehen sofort: Der Bus ist nicht da. Große Aufregung. Die Schlüssel sind auch weg. Mario wird vermutlich die Polizei anrufen. Jetzt müssen alle zurück zum Camp laufen. Erst viel später wird vielleicht irgendjemand fragen, wo ist eigentlich Made? Oder: Hat einer von euch Made gesehen? Komisch. Aber das denke ich wirklich. Ein verschwundener Bus fällt viel mehr auf als ein verschwundenes Mädchen.

Und dann fallen mir all diese Sprüche und Schlagzeilen ein.

Geh mit niemandem mit, den du nicht kennst!

Fahre nicht per Anhalter!

Mädchen leben viel gefährlicher als Jungs.

Sei vorsichtig, hörst du!

Steig in kein fremdes Auto!

Ich male mir aus, wie meine Eltern aus Japan zurückkommen und die Polizei vor der Tür auf sie wartet und ihnen sagt, dass ihre Tochter leider in Schweden entführt wurde und spurlos verschwunden ist. Mein Bild wird in allen Nachrichten und Zeitungen gezeigt werden. Andere Eltern werden ihre Kinder beim Abendessen fragen: Kennst du die nicht?

Und die Kinder werden nicken und sagen: Das ist doch die Fette aus der Parallelklasse. Wer entführt denn so eine?

»Halt an! Los! Halt sofort an!«

Keine Reaktion.

»He, bist du taub oder was?« Ich beuge mich wieder über die Rückenlehne nach vorne. »Halt endlich an!«

Schweigen.

»Du sollst den Bus anhalten! Bitte.« Jetzt klingt meine Stimme ganz piepsig. Kein bisschen selbstbewusst.

Er guckt wieder hoch in den Spiegel.

»Warum?«

Warum? Mit voller Wucht kracht die Wut in meinen Bauch. Der Typ klaut mitten am Tag einen VW-Bus und fragt mich ernsthaft, warum er anhalten soll?

»Weil. Ich. Raus. Will. Nein. Weil ich raus muss. Zurück zu den anderen. Und weil der Bus auch zurück muss. Also du musst zurück. Du musst umdrehen und mich mit dem Bus zurückbringen««

Wieder Schweigen.

»Und das am besten, bevor irgendjemand die Polizei alarmiert.«

Ich hoffe, dass ihn wenigstens das mit der Polizei nervös macht. Die Hand mit dem Nietenarmband greift zum Schaltknüppel. Schaltet irgendwas. Der Bus röhrt ein bisschen. Wir werden schneller. Schneller. Nicht langsamer.

Da kriecht sie in mir hoch. Angst. Nicht so, wie diese wohlige kribbelnde Angst, wie zum Beispiel die vor Spinnen und Fledermäusen in einem Bergwerk. Auch nicht wie die Angst vor einer Mathearbeit, bei der du schon vorher weißt, dass du sie verhauen wirst. Nein. Die Angst, die sich jetzt in mir breit macht, ist fieser. Kälter. Zieht bis in die Fingerspitzen. Macht, dass meine Hände zittern. Macht, dass ich meinen Herzschlag im Hals spüre. Mein Blick fällt auf die Schiebetür. Ich packe den Griff, ziehe daran. Nichts. Ich rüttele noch einmal. Fester jetzt. Immer noch nichts. Die Tür bewegt sich keinen Millimeter. Zentralverriegelung.

»Bist du lebensmüde?«

Vor Schreck lasse ich den Türgriff los.

»Ich würde nicht bei Tempo Hundert aus 'nem fahrenden Auto springen.«

Jetzt bloß nicht heulen. Ruhig bleiben. Meine Augen brennen. Nicht heulen ist ziemlich schwierig, wenn man voller Angst und Panik ist und überhaupt keine Ahnung hat, was man jetzt machen soll. Ich nehme die Brille ab und wische mir über das Gesicht. Als ich die Brille wieder aufsetze, bemerke ich wieder seinen Blick im Rückspiegel. Der soll nicht dauernd in den Spiegel gucken. Der soll verdammt nochmal nach vorne auf die Straße gucken.

»Sind die sehr stark?«

»Was???«

»Deine Brille. Die Gläser. Sind die sehr stark?«

Warum fragt er das? Was geht es ihn an, wie stark oder schwach meine Brillengläser sind?

»Geht so.« Ich drehe den Kopf zur Seite. Gucke aus dem Fenster.

»Mein Opa hatte auch 'ne Brille mit so runden Gläsern.«

Sein. Opa.

Ich bin so überrascht, dass ich für einen kurzen Moment vergesse, wo ich bin. Sogar meine Angst vergesse ich.

»Die Brillengläser von meinem Opa waren ziemlich stark. Ganz kleine Augen hat er hinter der Brille gehabt. Und er hat sie nie abgenommen. Nie. Ich habe meinen Opa nie ohne seine Brille gesehen. Und als er dann im Sarg lag ...«

Er greift wieder zum Schalthebel. Schaltet. Schluckt irgendwas Unsichtbares runter. »Als er da im Sarg lag, da habe ich ihn gar nicht gleich erkannt. Ganz fremd hat er ausgesehen. Anders. Ohne seine Brille.«

Er zieht die Nase hoch. Konzentriert sich wieder auf die Straße. Und mir fällt nichts ein, das ich jetzt sagen könnte.

»Du siehst auch anders aus ohne Brille«, sagt er dann und betrachtet mich wieder im Rückspiegel.

Ich starre ihn an. Was redet der da? Was redet der da von toten Leuten im Sarg, die ich überhaupt nicht kenne und was geht es ihn an, wie ich aussehe? Nichts geht es ihn an. Ganz egal, ob mit oder ohne Brille. Dreimal nichts. Aber ich halte den Mund. Denke an meinen kleinen Bruder. Wir müssen uns verabschieden, hatte Papa gesagt. Wie soll man sich von jemandem verabschieden, den man nie begrüßen konnte? Wir sind ins Krankenhaus gefahren. Zu Mama. Und zu dem Baby. Sie hatten es angezogen und in einen winzigen Sarg gelegt. Wie eine Puppe lag es da. Die Augen geschlossen. Und wenn man die Puppe hochnimmt, klappt sie die Augen auf. So sollte es doch sein. Niemand nahm das Baby hoch. Die Augen blieben geschlossen. Ganz normal hat es ausgesehen. Überhaupt nicht krank oder so. Ich habe das Baby angeschaut und nicht gewusst, was ich fühlen soll. Und dann habe ich mich umgedreht und bin aus dem Krankenhaus gegangen und über die Straße und in den Park gelaufen. Im Park habe ich mich auf eine Bank gesetzt und gewartet. Auf die Traurigkeit. Oder den Schmerz. Oder wenigstens Wut. Auf irgendwas. Aber da war nichts. Nichts außer dieser ganz großen Leere in mir drin.

Ich werfe einen Blick nach vorne, suche seine Augen im Rückspiegel, aber der Junge vor mir konzentriert sich jetzt wieder auf die Straße.

»Wie alt war dein Opa?«, frage ich leise. So leise, dass er die Frage vielleicht gar nicht gehört hat.

»Fünfundsechzig.«

Seine Stimme klingt plötzlich ganz rau.

Fünfundsechzig. Meine Oma ist älter. Meine Oma. Bei der ich viel lieber wäre, als in diesem Camp. Plötzlich halte ich es nicht mehr aus. Ich will nur noch eins. Hier raus. Und dann nach Hause. Ich will keinen knutschenden Mario und keine Jenny, mich interessiert das ganze blöde Camp nicht, mich interessiert Juma nicht mit ihrem Jason, ich will kein Zimmer, in dem mich Barbies beobachten und ich will nicht mit einem verrückten Punk, der den Tod seines Opas nicht verkraftet hat, durch Schweden fahren. Ich muss versuchen, diesen Typen dazu zu bringen, umzudrehen. Mich zurückzubringen. Und dann muss Mario mich nach Hause schicken. Ich werde meine Oma anrufen, damit sie mit dem Team redet, werde ihr sagen, dass ich krank geworden bin, und dass ich ganz dringend zurück nach Deutschland muss.

Ich bücke mich, sammele meine Wanderschuhe aus dem Fußraum und schleudere sie nach vorne. Meinen Anorak werfe ich hinterher. Dann wuchte ich meinen Körper über die Rückenlehne. Ich schaffe es erst im zweiten Anlauf. Der Junge auf dem Fahrersitz verzieht keine Miene, als ich mich wie ein Sack neben ihm auf die Bank fallen lasse.

# 5

»Machst du das öfter?«

»Was?«

»Autos klauen.«

»Nein.«

»Und warum jetzt?«

Er antwortet nicht mehr.

Ich muss versuchen, ihn in ein Gespräch zu verwickeln. Und dann muss ich ihn dazu bringen, mich zurückzufahren. Ich betrachte ihn von der Seite. Wenigstens kann ich jetzt sein Gesicht richtig sehen. Ganz anders als seine Klamotten. Nicht so punkig. Eher zart. Und verletzlich irgendwie. Nur das Piercing über der Augenbraue passt nicht wirklich ins Bild. Ich merke, wie meine Angst sich langsam auflöst. Wie ich ruhiger werde. Der will mir nichts tun. Der will nur den Bus. Trotzdem. Auch wenn ich keine Angst mehr vor ihm habe, will ich endlich umkehren und zurückfahren. Aber offenbar denkt er gar nicht daran. Fährt stur weiter immer geradeaus und tut so, als ob ich gar nicht da wäre. Meine Frage ignoriert er einfach.

Okay. Andere Frage.

»Wohin fahren wir überhaupt?«

Wieder keine Antwort.

»Hallo?«

Schweigen.

Anstatt zu antworten, kaut der auf seiner Unterlippe rum.

Jetzt wird mir doch wieder mulmig. Vielleicht ist er ein Psychopath oder so. Vielleicht ist er irgendwo abgehauen. Hat was angestellt. Der Gedanke bleibt hängen. Und jetzt ist er auf der Flucht.

Eine Stimme in meinem Kopf sagt mir, dass ich aufhören soll herumzuspinnen. Einer auf der Flucht klaut keinen feuerroten VW-Bus. Auffälliger geht's ja wohl kaum. Also keine Flucht. Aber was dann?

»Zum Nordkap.«

»Wohin?«

Ich starre ihn an. Weiß nicht genau, ob ich ihn richtig verstanden habe. Nordkap. Hat er gerade wirklich Nordkap gesagt? In Gedanken scanne ich die Karte von Skandinavien. Ich trau mich nicht nachzufragen. Da sagt er einmal was und ich versteh es nicht richtig. Total blöd. Ich weiß gar nicht, was ich jetzt machen soll. Seine Miene ist genauso versteinert wie vorher. So als ob er nie was gesagt hätte. Hände wieder fest am Lenkrad. Schöne Hände hat er, denke ich. Große Hände. Lange schmale Finger. Klavierspielerhände, würde Oma sagen. Und auf einmal ist das Heimweh wieder da. Trifft mich mit voller Wucht irgendwo mitten im Herz. Und ich will, dass endlich irgendwas passiert. Egal was. Ich will, dass der seinen Mund aufmacht und mit mir redet und mir erklärt, was das alles soll und wieso wir hier seit Ewigkeiten geradeaus fahren.

Ich atme tief durch, dann frag ich ihn:

»Nordkap. Hast du eben Nordkap gesagt?«

Er zuckt mit den Schultern.

»Du wolltest doch wissen, wohin wir fahren. Wohin ich fahre«, verbessert er sich. »Zum Nordkap.«

Nordkap.

Ich brauche ein paar Sekunden, um das sacken zu lassen. Erdkunde ist nicht gerade mein Lieblingsfach, aber zumindest eins weiß ich ganz sicher. Das Nordkap liegt nicht in Schweden. Und schon gar nicht in Südschweden.

»Du willst echt bis zum Nordkap fahren?«

Mir ist klar, dass ich gerade nicht besonders intelligent klinge. Aber ich habe ehrlich keine Ahnung, wie ich sonst reagieren soll. Es gibt diese Situationen im Leben, da knallt man aus vollem Lauf gegen eine Wand, und plötzlich ist alles ganz anders, als man es eigentlich kennt oder geplant hat, und keiner ist da, der einem sagt, wie man jetzt über diese Wand drüber oder um sie herum kommen soll. Wenn ein kleiner Bruder nicht auf die Welt kommen will, sondern einfach stirbt, ist das so eine Wand, oder wenn die Leute im Supermarkt fragen: »Na, ist euer Baby jetzt da? Wie fühlt man sich denn so als große Schwester?«

Und später, wenn dann alle Bescheid wissen und einem diese mitleidigen Blicke hinterherschicken.

Oder wenn die halbe Klasse dich Seekuh nennt und am Boden liegt vor Lachen und nicht mal dein Lehrer dich verteidigt. Dann steht man vor so einer Wand und weiß nicht weiter.

Oder wenn man in einem fahrenden VW-Bus sitzt, aus dem man nicht aussteigen kann und der Junge am Steuer dir sagt, dass er zum Nordkap fahren will.

Ich versuche es trotzdem.

»Wir sind hier in Schweden«, sage ich vorsichtig in seine Richtung. Er guckt mich kurz an, als ob ich sie nicht alle hätte. Dann guckt er wieder nach vorne.

»In Südschweden. Småland«, versuche ich es noch einmal.

»Und?«

Immerhin.

»Das Nordkap liegt irgendwo ...«

»In Norwegen.« Er unterbricht mich. Und dann sagt er ohne Luft zu holen und als hätte er es auswendig gelernt:

»Das Nordkap liegt ungefähr fünfhundert Kilometer nördlich des Polarkreises auf der norwegischen Insel Magerøya. Von hier aus sind das noch etwa zweitausend Kilometer. Und dabei liegt das Nordkap noch lange nicht am Nordpol. Dahin sind es noch einmal zweitausend Kilometer.«

Zweitausend Kilometer.

Das sagt er einfach so. Ganz ruhig. Zweitausend.

Als ob es keine Rolle spielt, dass ich neben ihm sitze oder wem der Bus gehört. Zweitausend Kilometer bis zum Nordkap. Und da fahre ich jetzt hin. So sagt der das.

»Und ich?«, will ich schreien. Was ist mit mir? Hast du dabei eigentlich ein einziges Mal an mich gedacht? Ich merke es erst jetzt richtig, dabei weiß ich es doch schon die ganze Zeit. Ich bin ihm vollkommen egal. Er wollte den Bus. Mich hat er dazu gekriegt. Vielleicht hat er ja nicht einmal gemerkt, dass ich in dem Bus geschlafen habe. Ich bin ja auch für die anderen oft genug einfach unsichtbar. Vielleicht tut er nur so cool und in Wirklichkeit ist er total erschrocken, als ich plötzlich wachgeworden und hinter ihm aufgetaucht bin. Kann doch sein. Bestimmt wollte er nur ein Auto. Und jetzt hat er ein Auto und gratis dazu noch ein fettes Mädchen. Wer entführt denn so eine? Ein fettes Mädchen mit einer Brille, die ihn an seinen Opa erinnert.

Und da kommt die Wut zurück. Ist schließlich egal, ob er das wollte oder nicht. Tatsache ist, ich sitze in einem Bus, den er geklaut hat. Und ich denke gar nicht daran, mit ihm zum Nordkap zu fahren.

Dann sag ich es laut. Dass ich nicht zum Nordkap will. Und schon gar nicht mit ihm. Und dass er jetzt verdammt nochmal endlich umdrehen und mich zurückbringen soll, und dass es mir scheißegal ist, ob er dann mit dem Bus wieder wegfährt, meinetwegen soll er den Bus behalten, geschenkt. Nur ich will jetzt endlich zurück.

Er reagiert nicht. Lässt alles an sich abprallen. Bleibt einfach stumm. Dafür wieder ein Blick in den Rückspiegel. Dann schaltet er wieder. Einen Gang runter diesmal. Wir werden langsamer. Hält er jetzt doch endlich an?

Ich gucke nach draußen. Nur Bäume. Weit und breit nur Bäume. Und der Himmel ist nicht mehr so blau. Mehr grau jetzt. Auch die Wolken sind dunkler geworden. Kein Parkplatz. Kein Platz zum Wenden. Keine Ausfahrt. Nichts.

Warum hier? Hier ist doch nichts.

Er hat die Hände wieder am Lenkrad. Irgendwie wirkt er nervös. Sitzt jetzt kerzengerade, den Rücken voll durchgedrückt. An seinen Händen treten die Fingerknöchel hervor, so spannt er sie an. Er rutscht auf seinem Sitz hin und her. Schiebt sich ein Stück nach vorne. Guckt zu mir. Nein. Nicht zu mir. Er dreht nur den Kopf zur Seite. Guckt an mir vorbei. Aber neben mir ist nichts. Ich beuge mich vor, damit er mir in die Augen gucken muss, will wissen, was der da neben mir sucht, als ich es sehe: Wir werden überholt. Ein weißer PKW schiebt sich links an uns vorbei. Nicht auf Augenhöhe, dafür sitzen wir in dem Bus zu hoch oben. Aber irgendwo da unten überholt uns ein Auto. Polizei ist das nicht. Ich kann von meinem Platz aus zwar nicht erkennen, wer am Steuer sitzt. Aber auf dem Beifahrersitz ist eine Frau, die nicht wie eine Polizistin aussieht. Mehr wie eine ganz normale Beifahrerin eben. Und plötzlich kapiere ich: Der Junge, von dem ich noch nicht einmal den Namen weiß, will nicht gesehen werden. Hat Angst, dass die in dem Auto von unten zu uns reingucken und merken, dass er noch viel zu jung ist zum Autofahren. Deshalb guckt er so krampfhaft zur Seite. Macht sich so groß es geht. Deshalb fährt er so langsam und lässt die überholen. Wie lange die wohl schon hinter uns waren?

Als der weiße PKW fast vorbei ist, begreife ich es endlich. Das ist meine Chance. Das erste Auto auf dieser Straße seit einer halben Ewigkeit und fast hätte ich meine Chance verpasst.

Ich fange an zu rufen und zu winken. Der PKW blinkt, setzt sich vor uns, auf der Rückbank knien zwei Kinder.

Mädchen. Fröhlich lachend winken sie zurück. Ich suche den Knopf für den elektrischen Fensterheber. Der Junge neben mir ist schneller. Verriegelt mein Fenster mit einem einzigen Knopfdruck irgendwo auf der Fahrerseite. Da raste ich aus. Greife über ihn drüber zum Lenkrad und drücke wie blöd auf die Hupe. Die beiden Mädchen lachen und winken und schneiden Grimassen. Eine zeigt ihren Teddy. Lässt ihn auch winken. Ich spüre einen Ellenbogen in meiner Seite. Dann eine Hand, die mich wegschieben will. Kurz darauf beschleunigt der PKW vor uns und zieht davon. Ich möchte heulen vor Wut. Da knall ich plötzlich mit dem Kopf fast gegen die Windschutzscheibe. Der Typ neben mir hat eine Vollbremsung gemacht. Hält einfach mitten auf der Landstraße an. Dann drückt er irgendeinen Knopf, neben mir klackt es. Die Zentralverriegelung.

»Raus«, sagt er.

Er schreit nicht und klingt nicht wütend. Raus. Ganz ruhig und sachlich. Was noch schlimmer ist. Einfach nur »Raus«. So als ob ich eine bin, die es nicht wert ist, viele Worte zu machen.

Ich stoße die Tür auf, denke gar nicht lange nach. Stoße einfach die Tür auf und springe aus dem Bus auf die Straße. Er beugt sich rüber, zieht die Tür wieder zu, guckt mich nicht einmal mehr an, fährt los.

Ich bin zu verdattert, um zu reagieren. Stehe einfach da und sehe dem davonfahrenden VW-Bus hinterher. Nach zwanzig Metern oder so hält er wieder an. Die Rücklichter leuchten auf, er kommt zurück. Öffnet das Fenster in der Beifahrertür.

Ich will gerade fragen: »Was…«, da fliegen meine Schuhe durch das Fenster und landen vor mir auf dem Asphalt. Erst der eine. Dann der andere. Und dann segelt noch mein Anorak hinterher und landet ebenfalls auf der Straße. Das Fenster wird wieder geschlossen. Der Bus fährt los, beschleunigt, ich starre ihm nach, begreife nichts, immer kleiner wird er, und dann ist er hinter einer Biegung verschwunden.

# 6

Ich gucke noch bestimmt fünf Minuten wie gebannt in die Richtung, in die der Bus davongefahren ist. Stehe einfach nur da und gucke. Dann gucke ich in die Richtung, aus der wir gekommen sind. Stehe da. Gucke wieder. Fassungslos. Der kann doch nicht einfach. Hat er aber. Ich drehe mich um und will hinter dem Bus her. Bestimmt hält er gleich wieder an. Kommt zurück. Bestimmt will er mich nur erschrecken. Ich laufe ein paar Meter. Schnaufe. Bleibe stehen. Kein Bus weit und breit. Der kommt nicht zurück. Und da hinten liegen meine Sachen auf der Straße.

Ich humple zurück. Meine Beine tun jetzt schon weh. Aber wenn der nicht wieder zurückkommt, muss ich zu Fuß gehen. Bleibt mir doch gar nichts anderes übrig. Ich gucke die Straße entlang. Rechne. Wie lange waren wir unterwegs? Eine halbe Stunde? Eine halbe Stunde mit Tempo Hundert? Dann müsste ich jetzt fünfzig Kilometer in diese Richtung laufen. FÜNFZIG. Sind wir wirklich Hundert gefahren? So schnell darf man hier doch gar nicht fahren. Bestimmt war es auch keine halbe Stunde. So lang nicht. Gefühlte Zeit ist nicht gleich wirkliche Zeit.

Wenn du zum Beispiel eine Mathearbeit schreibst und der Lehrer sagt: »Noch fünf Minuten«, und du musst mindestens noch zwei Aufgaben lösen und später in Englisch guckst du auf die Uhr, musst noch fünf Minuten aushalten bis zur großen Pause, und die fünf Minuten fühlen sich an wie zwanzig, dann kapierst du, dass fünf Minuten niemals gleich lang sind.

Und dann weiß ich kurz nicht, was ich jetzt machen soll. Fest steht jedenfalls, dass ich eine ziemlich weite Strecke laufen muss, um zu dem Bergwerk zu kommen. Und wenn die anderen nicht mehr da sind? Wenn sie schon längst die Polizei verständigt haben und zum Camp zurückgewandert sind? Dann müsste die Polizei doch auch auf dieser Straße hier langfahren und mich irgendwann finden. Dann könnte ich doch einfach hier sitzen bleiben und warten. So viele Straßen führen ja wohl nicht von einem Bergwerk mitten im Wald durch Schweden.

Und wenn keine Polizei kommt?

Und auch sonst kein Auto?

Meine Ohren fangen an zu summen. Mir wird schwindelig. Meine Kopfschmerzen kommen zurück. Zu viele Gedanken, die nach draußen wollen. Zu wenig Platz.

Ich gucke an mir runter. Gucke auf meine Füße, dann auf die Wanderschuhe, die immer noch auf der Straße liegen. Rechter Fuß mit Socke. Linker Fuß ohne Socke. Die Blase.

Komisch. Erst jetzt fällt mir die Blase wieder ein. Im Bus habe ich sie gar nicht mehr gespürt. Aber jetzt, als ich wieder an sie denke, spür ich sie. Klopf, klopf, klopf. Egal. Das muss jetzt gehen. Irgendwie.
Ich zerre meine Schuhe und den Anorak von der Fahrbahn, setze mich auf den Grasstreifen am Rand. Die fehlende Socke finde ich im linken Schuh. Ich ziehe erst mal den anderen Schuh an. Den rechten. Geht doch. Dann vorsichtig die Socke über den kaputten Fuß. Ganz vorsichtig. Luft anhalten. Zähne zusammenbeißen. Na also. Geht auch. Hat doch gar nicht wehgetan. Jetzt den Schuh. So langsam wie möglich. Schaft ganz weit auseinanderziehen. Fuß reinstecken. Ganz langsam nach unten schieben. Scheiße. Das brennt. Das brennt wie Feuer. Scheiße. Scheiße. Scheiße. Ich zieh den Schuh wieder aus. Das geht gar nicht. Und jetzt?

Jetzt spüre ich den Schrei, der ganz tief in mir sitzt und nach draußen will, der nur darauf wartet, dass all meine Gedanken ihm endlich Platz machen, damit er sich an ihnen vorbeischieben und explodieren kann. Der schon viel zu lange wartet, weil er nie raus durfte. Aber hier ist ja keiner, der mich hört, nichts als Bäume und Himmel und Asphalt. Ich hole tief Luft. Und dann schreie ich doch. Mit geschlossenen Augen. Schreie die Tränen weg, die hochkommen wollen, schreie meine Ferse an und den Schmerz, schreie wegen der Wut in meinem Bauch und wegen der Sache damals, schreie, dass die Menschen in Japan verwundert von ihrem Abendessen hochgucken, schreie hinter dem Bus her, der nicht mehr zu sehen ist, schreie in die andere Richtung, damit sie es im Camp auch hören und endlich kapieren, dass sie mich vergessen haben.

Irgendwann habe ich genug geschrien und öffne die Augen. Ich bin ein bisschen außer Atem, mein Hals fühlt sich rau an, aber auch irgendwie freier, nicht mehr so eng.

Ich zieh den zweiten Schuh auch wieder aus, Socken lasse ich an, stehe auf, zieh den Anorak an, in jeder Hand einen Schuh und laufe los. Laufe in die Richtung, aus der wir gekommen sind.

Mir fällt dann noch ein, was meine Oma immer gesagt hat, früher, als ich noch kleiner war, beim Spazierengehen. Wenn wir aus ihrem Dorf rausgelaufen sind die lange Chaussee entlang bis zum nächsten Dorf. Immer auf der linken Seite laufen, hat sie gesagt. Wenn eine Straße keinen Gehweg hat, musst du immer links laufen. Damit du besser gesehen wirst. Bin also auf der richtigen Straßenseite. Auch wenn ich mir inzwischen sicher bin, dass überhaupt kein Auto kommen wird. Ich laufe trotzdem auf der linken Seite. Ganz weit am Rand gehe ich. Da wo der Grasstreifen den Wald von der Straße trennt. Zuhause an der Chaussee standen nur Apfelbäume. Einzelne Apfelbäume, einer neben dem anderen, mit viel Wiese und viel Licht und viel Luft dazwischen. Hier ist das anders. Hier ist der Wald und die Bäume stehen dicht an dicht, und auch die Luft steht ganz still.

Kein Windhauch ist zu spüren, erst jetzt merke ich das, wie still es ist und wie drückend und wie warm. Obwohl der Himmel ganz grau geworden ist und die Sonne sich irgendwo hinter den Wolken verkrochen hat. Trotzdem. Schweißtropfen laufen mir über die Stirn, brennen in den Augen. Ich bleibe kurz stehen, lege die Schuhe auf den Boden, ziehe den Anorak wieder aus, binde ihn um die Hüfte und denke noch, wie gut, dass das jetzt keiner sieht, die aus meiner Klasse nicht und auch sonst niemand, wie der Anorak kaum um meinen Bauch passt, weil die Ärmel viel zu kurz sind oder der Bauch zu dick. Ich nehme die Schuhe wieder hoch. Dann gehe ich weiter. Immer an der Straße entlang. Wenn ich lange genug an ihr entlanglaufe, muss doch irgendwann auch ein Ort kommen und dann finde ich vielleicht jemanden, der mich zum Bergwerk bringt oder am besten gleich ins Camp. Aber dann fällt mir ein, dass wir durch keinen Ort gefahren sind, jedenfalls nicht, solange ich wach war, und dass ich den Waldweg finden muss, der von der Straße weg zum Bergwerk führt, fällt mir auch noch ein, und dann denke ich plötzlich an Olaf und Ben, die Elchkacke sammeln wollten und an Juma, die doch Jason hat und trotzdem keinen Zentimeter von Marios Seite weicht und es kommt mir vor, als sei das alles schon Jahre her.

Es fühlt sich komisch an, nur auf Socken zu laufen, zum Glück ist der Grasstreifen weich, einen Moment überlege ich, die Socken auch noch auszuziehen und barfuß zu gehen, aber dann denke ich an meine kaputte Ferse, und dass da Dreck reinkommen könnte und lass die Socken lieber an.

Obwohl ich den Anorak schon ausgezogen habe, ist mir immer noch warm. Auch meine Jeans drückt und scheuert jetzt wieder an meinen Oberschenkeln, ich könnte sie ja ausziehen und mein Kleid – und da fällt mir mein Rucksack wieder ein. Mein Kleid ist im Rucksack und mein Badezeug auch, und der Rucksack liegt im Bus.

Und noch etwas ist im Bus: Wasser. Und unsere Lunchpakete. Erst jetzt merke ich, wie durstig ich bin. Und Hunger habe ich auch. Aber weit und breit gibt es nichts zu essen oder zu trinken. Dafür fahren gerade achtzehn Lunchpakete mit achtzehn belegten Broten, achtzehn Äpfeln und achtzehn Joghurts und achtzehn Flaschen Wasser zum Nordkap. Und plötzlich würde ich auch gerne zum Nordkap fahren.

Plötzlich denke ich auch, dass es vielleicht falsch war, den Jungen so anzuschreien, und dass ich ihn überhaupt nicht gefragt habe, warum er eigentlich so unbedingt zum Nordkap will. Einer, der ein Auto klaut, obwohl er noch gar nicht fahren darf, geht bestimmt nicht ohne Grund so ein Risiko ein. Ich war so damit beschäftigt, zurück zum Camp zu wollen und gleichzeitig nicht zum Camp zu wollen und ihn dazu zu bringen umzukehren, dass ich ihn noch nicht mal nach seinem Namen gefragt habe. Tatsächlich habe ich keine Ahnung, wie der Typ eigentlich heißt. Ich weiß nur, dass er schöne Hände hat und ein Piercing im Gesicht. Und Ampelhaare. Rot und grün.

Ich bleibe kurz stehen, um zu verschnaufen. Drehe mich um, um zu gucken, wie weit ich schon gekommen bin. Aber wirklich erkennen kann ich nichts. Die Straße zieht sich in beide Richtungen schnurgerade durch den Wald, alles sieht vollkommen gleich aus, da ist kein Wegweiser, kein Schild, nicht mal ein Holzstapel, an dem ich mich orientieren könnte, und ich habe keine Ahnung, ob ich schon einen Kilometer oder erst hundert Meter zurückgelegt habe. Und eigentlich will ich keinen einzigen Meter mehr laufen. Aber ich muss doch. Wenn ich nicht hier auf dieser Landstraße verrotten will, muss ich weiter gehen. Da fällt mir ein Spiel ein, das ich früher manchmal gespielt habe, wenn mir der Weg vom Bus nach Hause zu lang geworden ist. Und wenn ich nicht mit den anderen gehen wollte oder sie nicht mit mir. Fünf Schritte mit offenen Augen. Fünf Schritte Augen zu. Jetzt zehn Schritte mit offenen Augen, zehn Schritte Augen zu. Dann fünfzehn Schritte. Obwohl es immer nur geradeaus geht und ich es unter meinen Sockenfüßen sowieso sofort merke, wenn ich den schmalen Grasstreifen verlasse, wird mir ab zwanzig Schritten mulmig. Zwanzig Schritte mit geschlossenen Augen und in meinem Kopf tauchen Wände auf, gegen die ich laufen und Löcher, in die ich hineinfallen kann. Ich bleibe stehen und reiße die Augen wieder auf. Meine Knie fangen an wehzutun. Meine Arme sowieso. Die Wanderschuhe in meinen Händen werden mit jedem Schritt schwerer.

Ich will nicht mehr.

Ich will das alles nicht mehr.

Ich spüre, wie die Tränen zurückkommen. Ziehe die Nase hoch, schlucke die Tränen runter. Irgendwann fange ich wieder an zu gehen. Setze einen Fuß vor den anderen. Obwohl Sommer ist, werden die Socken langsam feucht vom Gras. Und dann donnert es auf einmal.

Erst denke ich, es ist vielleicht ein Auto, das sich nähert. Ich höre dieses Grummeln, erst nur ganz leise, dann immer lauter, drehe mich um und warte, aber dann klatscht ein Tropfen vor mir auf die Straße und dann einer auf meinen Arm und noch einer auf den anderen Arm und wieder einer auf die Straße, und das Donnern wird lauter und plötzlich sind die Tropfen überall, es fängt an zu schütten und sofort ist meine Brille nass und Wasser läuft mir in den Nacken und meine Socken stehen in einer Pfütze. Über den Himmel zucken Blitze, und es schüttet in Strömen.

Ich lasse die Schuhe fallen und zerre den Anorak von meiner Hüfte und schlüpfe hinein. Jetzt bin ich froh, dass ich ihn dabei habe, setze sogar die Kapuze auf, meine Schuhe ziehe ich trotzdem nicht an. Und egal ob mit Anorak oder ohne, jetzt kann ich die Tränen nicht länger zurückhalten. Ich lasse mich auf den Boden sinken, ist mir egal, dass ich nass werde, ganz egal, die Tränen laufen mir übers Gesicht, vermischen sich mit dem Regen, den auch die Bäume nicht abhalten können und mit dem Rotz, der aus meiner Nase tropft. Mir ist kalt, ich müsste aufstehen und weiterlaufen oder wenigstens tiefer in den Wald hineingehen und Schutz unter den Bäumen suchen, aber mir ist alles egal, selbst dass ich friere, ist mir egal – so viel dazu, dass Dicke nicht frieren – und dann fällt mir ein, dass der Junge kein einziges Wort über meinen Körper verloren hat. Es donnert wieder und der Regen prasselt auf die Straße, ich ziehe die Knie eng an meinen Körper, schlinge die Arme drum, höre damit auf, mir dauernd über die Brille zu

wischen, weil es sowieso nichts bringt, lege meinen Kopf auf die Arme und schaukele vor und zurück, vor und zurück und will einfach nur noch, dass es aufhört.
Dann höre ich das Hupen.

Als ich den Kopf hebe, kann ich erst überhaupt nichts erkennen vor lauter Regen und Tränen und Rotz. Alles ist nass und verschwommen, meine Knie zittern, als ich versuche aufzustehen, und dann leuchtet etwas Rotes durch die Wassermassen, die vom Himmel stürzen, und einer beugt sich aus dem offenen Fenster und fragt, ob ich nicht lieber wieder einsteigen will. Einer mit roten und grünen Haaren und einem Piercing über der rechten Augenbraue.

# 7

Der Bus steht noch am Straßenrand. Mit laufendem Motor und klick-klackendem Blinker. Von außen trommelt der Regen aufs Dach und drinnen sitzen zwei, die nicht wissen, was sie jetzt sagen sollen.

Der eine trägt eine schwarze abgewetzte Lederjacke, betätigt ab und zu den Scheibenwischer, nur um ihn dann gleich wieder auszuschalten. Bringt ja nix.

Die andere versucht, ihre Brille mit dem Saum vom feuchten T-Shirt trocken zu wischen, was auch nicht wirklich funktioniert, reibt ihre Füße in den quatschnassen Socken aneinander, um sie warm zu rubbeln und starrt durch den Regen nach draußen. Eine heiße Dusche wäre jetzt gut, trockene Klamotten auch, vielleicht ein warmer Tee.

Der Junge hat die Heizung eingeschaltet, die Lüftung bläst mir warme staubige Luft ins Gesicht, aber die Scheiben beschlagen trotzdem von innen von all der Feuchtigkeit. Jetzt sucht er irgendwas in seiner Jackentasche, fummelt ein Päckchen Tempos raus, hält es mir hin.

Ich will danke sagen, aber aus meinem Mund kommt nur ein Krächzen, mein Hals ist noch ganz wund und rau von dem langen Schrei. Er legt die restlichen Tempos vor mir auf die Ablage, ich putze meine Nase, wische mir mit dem Taschentuch übers Gesicht und plötzlich macht es mir was aus, wie ich aussehe.

Plötzlich sehe ich mich mit seinen Augen. Sehe, was da für eine neben ihm sitzt.

Strähnige Haare. Triefende Klamotten. Gesicht vom Heulen verschmiert. Dreckige Socken und eine nasse Jeans, die fast aus den Nähten platzt.

Bestimmt fragt er sich jetzt, warum er mich überhaupt wieder eingesammelt hat, was soll er mit einer wie mir? Und obwohl es doch seine Schuld war, dass wir jetzt überhaupt hier stehen und nicht weiter wissen, obwohl er es doch war, der für dieses Schlamassel verantwortlich ist, meldet sich sofort mein schlechtes Gewissen. Wegen mir ist er umgekehrt, wegen mir kommt er jetzt vermutlich nicht zum Nordkap und später wird er dann vielleicht erzählen, dass alles gut lief, dass sein Plan fast aufgegangen wäre, bis plötzlich die fette Kuh hinten in dem Bus aufgetaucht ist und alles kaputt gemacht hat.

So ist das immer. Einer muss doch schuld sein, wenn irgendwas nicht funktioniert. Wenn man beim Basketball nicht gewinnt, dann doch nur, weil man die Dicke in die Mannschaft wählen musste. Wenn man beim Rudern vor lauter Rumzappeln kentert, dann nur, weil man vorher so ewig auf die blöde Seekuh mit ihrer Schwimmweste warten musste. Und vielleicht hätte ich mich auch mehr auf meinen kleinen Bruder freuen müssen. Wenn das Essen in der Mensa schon aus ist, dann hat bestimmt Made wieder so viel gefressen. Kein Wunder, dass die so fett ist.

Ich weiß, dass sie so über mich reden. Ich bin ja nicht taub. Aber ich habe mir angewöhnt, nicht hinzuhören, nicht auf diese Sprüche zu reagieren. Und je besser ich darin werde, desto unsichtbarer werde ich.

Auch jetzt wäre ich gerne unsichtbar. Würde mich gerne verkriechen, einfach nur unter eine warme trockene Wolldecke, wäre gerne jetzt alleine, will keine Fragen beantworten, nicht schuld daran sein, dass die anderen laufen mussten, auch die werden jetzt nass vom Gewitterregen, fällt mir ein. Juma wird lachen und ihr nasses Shirt so straff ziehen bis es durchsichtig ist, den Jungs werden die Augen aus dem Kopf fallen, nur Mario nicht, der macht sich Sorgen um seinen Bus und vielleicht macht sich ja auch irgendjemand Sorgen um mich.

Weil das mit dem Unsichtbarsein also gerade nicht funktioniert, nehme ich meinen ganzen Mut zusammen, drehe mich zu ihm um und frage ihn doch: »Können wir jetzt bitte fahren? Mir ist echt kalt.«

»Mh.«

Er greift zur Schaltung, legt einen Gang ein, guckt kurz in den Rückspiegel und fährt los. Fährt fünfzig Meter, vielleicht hundert, guckt nochmal in den Rückspiegel, setzt einen Blinker und fängt an, mitten auf der Straße zu wenden.

Es dauert einen Moment, bis die Information bei mir ankommt.

Der wendet.

Dreht um.

Fährt nicht zurück zum Ferienlager, zum Camp, sondern dreht wieder um und fährt in die andere Richtung. Ich bin so perplex, dass ich fast loslachen muss. Das ist jetzt alles nicht wahr. Das kann jetzt alles einfach nicht wahr sein. Ich fühle mich gefangen in einer Endlosschleife.

»Du bringst mich nicht zurück?«

Blöde Frage. Sehe ich doch selbst, dass er mich nicht zurückbringt. Er schüttelt nur stumm den Kopf.

Dann sagt er doch etwas: »Ich kann nicht.«

Ganz leise.

So leise, dass ich ihn kaum verstehe.

Und dann bricht es aus ihm heraus, in einem Schwall, so als ob er auf all den Sätzen schon die ganze Zeit herumgekaut hätte und sie jetzt einfach loswerden muss, bevor er an ihnen erstickt.

»Ich kann dich nicht zurückbringen. Wenn wir jetzt da aufkreuzen, rufen sie die Polizei. Vielleicht ist die Polizei auch schon da, dann kann ich dich nicht mal in die Nähe bringen, vielleicht wimmelt es da überall schon vor Polizisten. Ich kann dich auch nicht einfach irgendwo raus lassen, versteh das doch, dann sagst du denen, dass ich zum Nordkap will und dann finden sie mich auch und ich komme nie dort an. Und dann war alles umsonst.«

Er holt tief Luft.

Ich will etwas sagen, will versprechen, dass ich ganz bestimmt niemandem verraten werde, wohin er fahren will, aber er ist noch nicht fertig, und ich weiß auch selbst, dass ich dieses Versprechen nicht halten kann.

»Es tut mir leid«, sagt er gerade und seine Stimme klingt jetzt ganz klein und piepsig und kein bisschen punkig. »Es tut mir leid, dass ich dich in die ganze Geschichte reingezogen habe. Wenn ich gewusst hätte, dass du in dem Bus schläfst, dann hätte ich den Bus bestimmt nicht ..., okay, den Bus hätte ich vielleicht, aber dich ...« Er bricht ab und weiß offenbar nicht mehr weiter.

Und plötzlich tut er mir leid.

Plötzlich sieht er kein bisschen mehr cool aus oder gefährlich oder wie einer, vor dem man Angst haben muss.

Im Gegenteil.

Plötzlich sieht er ganz einsam aus und verloren und wie jemand, der selbst verzweifelt versucht, keine Angst mehr zu haben. Oder wenigstens wie einer, der nicht zeigen will, wie viel von der Scheißangst tatsächlich in ihm steckt. Jemand, der ein Ziel hatte und doch schon ganz kurz davor war und auf einmal geht alles schief. Der eigentlich nur ein Auto klauen wollte – nicht klauen, nur ausleihen – und kein wildfremdes Mädchen entführen. Einer, der spätestens jetzt bis zum Hals in Schwierigkeiten steckt und keine Ahnung hat, wie er da wieder rauskommen soll.

Er schaltet wieder, beschleunigt, konzentriert sich jetzt wieder auf die Straße und wie vorhin kaut er dabei auf seiner Unterlippe rum. Und ich weiß, dass ich jetzt etwas sagen müsste. Etwas, das ihm die Angst nimmt und mir auch. Aber mein Kopf ist ganz leer und mir fällt überhaupt nichts ein außer einem alten Kinderlied, und das hilft jetzt auch nicht weiter.

Ich schaue aus dem Fenster. Der Regen hat ein bisschen nachgelassen. Das Gewitter verzieht sich. Vereinzelt guckt sogar schon wieder ein Stückchen Blau durch die Wolken. Der Sommer hat es sich anders überlegt. Er kommt zurück.

Ich dreh mich wieder zu ihm um. Die Heizung bollert jetzt richtig warme Luft in den Bus und langsam fange ich an, aufzutauen. Ich ziehe die Beine auf die Sitzbank und streife die nassen Socken von den Füßen. Dann hänge ich die Socken über die Lüftung und schäle mich aus meinem Anorak. Er guckt zu mir rüber, grinst kurz, als er die Socken sieht, ich versuch schnell, den Bauch einzuziehen, zu spät, aber da guckt er sowieso schon wieder auf die Fahrbahn.

»Willst du was Trockenes zum Anziehen?« Er stellt die Frage, ohne mich dabei anzugucken. Aber das Grinsen vorher, das habe ich trotzdem gesehen. Ein nettes Grinsen, so eins, dass man auch lachen muss. Kein fieses.

»Ne, geht schon.«

Außer meinem Hauszeltkleid und meinem Badeanzug hab ich sowieso nichts dabei, und die Sachen liegen immer noch im Kofferraum. Wo ist sein Gepäck eigentlich? Erst jetzt fällt mir auf, dass ich noch gar keinen Rucksack oder so gesehen habe und er will doch bestimmt keine zweitausend Kilometer ohne Gepäck fahren. Da bückt er sich, die linke Hand lässt er am Steuer, mit der rechten tastet er unter der Sitzbank rum und zieht eine Sporttasche darunter hervor. Keine Ahnung, wann er die da verstaut hat. Das muss er schon gemacht haben, als ich noch hinten auf der Rückbank geschlafen habe.

»Kannst dir ein T-Shirt von mir nehmen. Oder einen Pullover. Ich hab auch eine Jogginghose dabei.«

Er zerrt die Tasche auf die Bank und schiebt sie zu mir rüber. Ich schüttle stumm den Kopf, lass die Tasche aber da stehen.

Ganz bestimmt werde ich mich jetzt nicht hier neben dem ausziehen und dann sieht er meinen schwabbeligen Bauch und meine Oberschenkel und seine Klamotten sind mir vielleicht zu eng und er sieht das auch und ich muss mich dann nochmal komplett umziehen. Wenn ich noch hinten auf der Rückbank sitzen würde, dann vielleicht, aber auch dann hätte er mir im Rückspiegel zugucken können. Nein, auf gar keinen Fall mache ich das jetzt.

Aber weil mir noch nie jemand was von seinen Klamotten angeboten hat, weil überhaupt noch nie jemand mit mir über Klamotten geredet hat, ohne zu sagen, *schade, dass du dafür zu dick bist* oder *sowas passt dir leider nicht*, weil das echt noch nie vorgekommen ist, lasse ich die Tasche einfach zwischen uns stehen. Ich lege sogar meinen Arm darauf, ganz locker, weil sich das immer noch ein bisschen nach einer Möglichkeit anfühlt. Ich könnte ja, wenn ich wollte. Und das ist ein richtig gutes Gefühl. Auf einmal ist ganz viel von diesem guten Gefühl und von all den Möglichkeiten in mir und die Gedanken, die jetzt in mir aufsteigen, fühlen sich nicht mehr schwer und eng an, sondern ganz leicht und bunt. Wie Seifenblasen.

Zum Nordkap.

Ich fahre zum Nordkap.

*Wir* fahren zum Nordkap.

Ich muss nicht zurück in das Ferienlager, nicht zurück in die Hütte mit den Barbies, sondern ich fahre mit einem, der grinst, wenn ich meine vor Dreck starrenden und vom Regen durchweichten Socken über der Lüftung trockne, und der seinen Jackenärmel einfach mit Sicherheitsnadeln festgesteckt hat, quer durch Schweden zum Nordkap.

Auch wenn ich keine Ahnung habe, wie wir da hin finden wollen, ist es mit diesem Gedanken wie mit der Sporttasche zwischen uns. Der Sommer ist plötzlich eine einzige irre total verrückte Möglichkeit. Alles ist möglich.

Da fällt mir wieder ein, was ich ihn schon die ganze Zeit fragen wollte.

»Wie heißt du überhaupt?«

Er zögert nur ganz kurz.

»Julian. Kannst aber Juli zu mir sagen.«

Juli. Das klingt nach Sommer und blauem Himmel und Eiscreme und kalter Limonade.

»Eigentlich wollte ich dich ja Ampel nennen.«

Fragend guckt er mich an. Ich zeige auf seine Haare.

»Na, bei der Frisur.«

Er grinst wieder. Dann wird sein Gesichtsausdruck ernster.

»Bist du dir ganz sicher, dass du mitkommen willst? Ich soll dich nicht mehr zurückbringen?«

In seiner Stimme schwingt Angst mit. Und ein winziges bisschen Hoffnung. Er guckt mich nicht an, während er auf meine Antwort wartet. Ich nicke. Schüttle den Kopf. Muss über mich selbst lachen. Ja, was denn nun? Ja, ich bin mir sicher, und nein, ich will nicht zurück.

»Und wenn sie dich suchen? Eine Vermisstenanzeige aufgeben?«

Wenn sie mich vermissen? Mich vermisst von denen im Camp sicher niemand. Aber das sage ich nicht laut.

»Sollen sie doch. Meine Eltern sind in Japan. Und bis die zurückkommen, bin ich längst auch wieder zu Hause.«

Kurz denke ich an meine Oma. Meine Oma wird sich Sorgen machen. Bestimmt ruft Mario meine Oma an. Das ist die einzige Telefonnummer, die er hat. Dann rufe ich eben auch meine Oma an. Erklär ihr alles. Oma versteht mich. Immer.

»Hast du ein Handy?«

Juli nickt.

»Steckt in der Seitentasche. Warum?«

»Nur so. Weil dann alles gut ist.«

Ich blinzele nach draußen in die Helligkeit. Anrufen kann ich später. Einen Moment lang sagen wir beide nichts mehr. Wir fahren einfach in den Sommer hinein.

»Und du?« Fragend sieht Juli mich an.

»Was?«

»Wie heißt du überhaupt?«

»Lore.«

Wie von selbst kommt der Name über meine Lippen. Lore. Er liegt wie ein Versprechen auf meiner Zunge

# 8

»Woher kannst du das eigentlich?«

»Was?«

»Autofahren. Wieso kannst du schon Autofahren? Du bist doch höchstens sechzehn.«

»Fünfzehn.«

Fünfzehn erst. Und fährt schon Auto, als hätte er sein Leben lang nichts anderes gemacht. Kein bisschen unsicher oder so.

»Mein Opa hat es mir beigebracht. Für alle Fälle.«

Sein Opa. Wieder mal.

Ich traue mich nicht weiter zu fragen. Hab Angst, dass er sonst wieder diesen traurigen Gesichtsausdruck bekommt. Der fröhliche grinsende Juli gefällt mir besser. Trotzdem wüsste ich jetzt gerne, für welche Fälle Julis Opa vorsorgen wollte. Ist doch nicht normal, dass ein Fünfzehnjähriger so gut Auto fahren kann. Aber ich frage nicht.

In einem Film käme jetzt ein Schnitt und man würde mal die andere Seite sehen. Perspektivwechsel. Eine Parallelhandlung. Würde sehen, was am Bergwerk so los ist oder im Ferienlager oder irgendwo unterwegs. Wüsste, was gerade passiert, während zwei mit einem geklauten VW-Bus Richtung Norden fahren. Nur, dass das hier kein Film ist und ich deshalb keine Ahnung habe, was da hinter uns gerade abläuft. Nichts Gutes sicher und eigentlich kann es nicht mehr lange dauern, bis überall auf dieser Straße die Polizei unterwegs ist. Zumindest in Deutschland wäre das so. Und ich glaube nicht, dass die schwedische Polizei so viel anders tickt als die deutsche.

Seit dem weißen PKW vorhin mit der Ferienfamilie und den Kindern auf der Rückbank ist uns zwar kein einziges Auto mehr begegnet, aber wir werden sicher nicht ewig so viel Glück haben.

»Woher weißt du eigentlich, wo du langfahren musst?«

Juli guckt mich an und tippt mit dem Zeigefinger der rechten Hand an seinen Kopf.

»Du hast die Route im Kopf?«

»Naja. Nicht die ganze Route, aber die grobe Richtung. Eigentlich hätte ich lieber ein Auto mit einem Navi gehabt, aber der Bus war das einzige Auto, an das ich rangekommen bin.«

Dann wieder Schweigen.

Ich habe so viele Fragen.

Ich wüsste gerne, wie Juli überhaupt zu dem Bergwerk gekommen ist. Und warum er eigentlich unbedingt zum Nordkap will. Oder woran sein Opa gestorben ist. Und warum der ihm so dringend Autofahren beibringen wollte.

Aber dann lehne ich mich zurück und mache einfach mal die Augen zu. Juli soll sich lieber wieder aufs Fahren konzentrieren. Schließlich haben wir noch zweitausend Kilometer lang Zeit für alle Fragen.

»Schläfst du?«

Augen wieder auf.

»Nö. Hab nur so ein bisschen gedusselt.«

»Ich müsste mal pinkeln. Und Durst habe ich auch. Dahinten kommt ein See, da halte ich mal an.« Juli zeigt irgendwo durch die Windschutzscheibe.

Jetzt sehe ich auch das Blau durch die Bäume schimmern. Wie der das sagt mit dem Pinkeln. Einfach so. Als wär nix dabei. Vielleicht ist ja auch nix dabei. Für ihn vielleicht nicht. Für eine wie mich ist das anders. Ich bin ja sogar zu feige, ein T-Shirt zu wechseln, wenn einer in der Nähe ist. Und jetzt, wo er das sagt, merke ich, dass ich auch mal pinkeln muss. Und Durst habe ich schon die ganze Zeit. Und Hunger. Und dann fällt mir etwas ein, das Juli noch gar nicht weiß.

Ein paar Meter weiter biegen wir ab. Ich hab den Weg gar nicht gesehen, so klein ist der, aber Juli wusste genau, wo er abbiegen muss und dann rumpeln wir den Weg entlang und jetzt muss ich noch dringender pinkeln von dem ganzen Geschaukel, meine Blase platzt gleich, ein Stück weiter geradeaus kann ich schon den See sehen, ganz friedlich liegt er mitten im Wald, Juli hält an und ich bin erst mal froh, dass hier niemand ist. Keine anderen Leute oder so.

»Ich geh dann mal.«

Er öffnet die Tür, springt aus dem Bus und verschwindet irgendwo zwischen den Bäumen.

Ich will auch am liebsten einfach rausspringen, aber dann ziehe ich doch lieber erst die Socken an, Schuhe traue ich mich noch nicht, öffne die Beifahrertür und klettere vorsichtig aus dem Bus.

Und dann muss ich eine ganze Weile einfach erst mal stehen und gucken und die Luft einatmen. Die Augen zumachen. Weil so was Schönes wie dieser See mit offenen Augen kaum auszuhalten ist. So schön, dass sich die Härchen an meinen Armen aufstellen, weil auch die Haut das alles einatmen will, in allen Poren den Sommer spüren und am liebsten nie wieder loslassen. Die Augen wieder auf und nochmal ganz tief Luft holen.

Der See ist nicht besonders groß. Und er liegt so glatt und blank und klar wie eine riesige Glasscheibe mitten im Wald. Am Rand schwimmen Seerosen und in seiner Mitte spiegeln sich die Bäume und der Himmel so deutlich, dass man eigentlich gar nicht sagen kann, welches der echte Himmel ist und was die Spiegelung. Wie ein Tor in eine andere Welt sieht der See aus und ich stelle mir vor, hineinzuspringen und in einem ganz anderen Leben wieder rauszukommen. In einem Leben, in dem Babys nicht sterben müssen und Eltern nicht ohne ihre Kinder Urlaub machen und Kinder nicht ohne ihre Eltern, außer sie wollen es und in dem es mir nichts ausmacht, einen Badeanzug anzuziehen, in dem es mir egal ist, ob ein Junge mich in einem nassen T-Shirt sieht, ein Leben, in dem ich überhaupt gesehen werde und nicht unsichtbar bin.

Und dann fällt mir wieder ein, dass ich ja jetzt Lore bin und nicht länger die Madeleine, die von allen nur Made genannt wird und Lore ist nicht unsichtbar, Lore ist ein bisschen zu dick, das schon, aber mit einem Jungen unterwegs, dem das egal ist, weil er ein Punk ist und sowieso immer alle gucken und die Nase rümpfen, wenn sie ihn sehen und der gerade aus dem Wald zurückkommt und mit langen federnden Schritten zum See läuft. Da merke ich, dass ich immer noch pinkeln muss und nicht so recht weiß, wo ich hingehen soll.

Ich drehe mich einmal um mich selbst und stapfe dann vorsichtig in die Richtung, aus der Juli eben gekommen ist, da stehen jede Menge dicke Bäume und Büsche, hinter denen er mich bestimmt nicht sehen kann. Der Boden unter meinen Sockenfüßen ist übersät mit grünem Moos und so weich, dass ich bei jedem Schritt ein Stückchen darin versinke.

»Aber nicht gucken!«, rufe ich vorsichtshalber noch einmal über die Schulter zurück und sehe, wie Juli lachend eine Hand hochhebt und zurückbrüllt: »Ich schwöre!«

Als ich zurückkomme, sitzt Juli auf dem Boden vor dem Bus, neben sich seine Sporttasche und vor sich eine Landkarte, die er zu ihrer vollen Größe auseinandergefaltet hat. Konzentriert fährt er mit dem Finger auf der Karte entlang, guckt dann in den Himmel und danach wieder auf die Karte und runzelt die Stirn.

»Gibt's ein Problem?«, frage ich und will in Wirklichkeit nur hören, dass es kein Problem gibt, überhaupt keins, obwohl mir vollkommen klar ist, dass zwei Jugendliche mit einem geklauten Auto irgendwo mitten in Schweden sozusagen bis zum Hals in Problemen stecken.

»Wir müssen von der Straße runter«, sagt Juli dann und zeigt auf die Karte. Ich gucke ihm über die Schulter, viel kann ich nicht erkennen, eine dicke rote Edding-Linie markiert einen Weg irgendwo von A nach B und ich vermute, dass A so etwas wie Anfang bedeutet und dass das B sich ziemlich genau am Nordkap befindet.

Juli hilft mir und zeigt mit dem Finger dahin, wo wir jetzt ungefähr sind.

Dann erzählt er was von E4 und später Norwegen und E69.

»E für Europastraße«, erklärt er, als er meinen fragenden Blick sieht und lässt seinen Finger weiter über die Karte wandern. »Aber das ist jetzt viel zu gefährlich. Da finden sie uns sofort.«

»Und jetzt?«

»Müssen wir von den Hauptstraßen runter. Wenn die eine Fahndung nach dem roten Bus rausgeben, müssen wir eben die Nebenstraßen benutzen.« Juli zeigt wieder auf die Landkarte. »Es gibt genug davon. Nur sind die ein bisschen holpriger.«

Er faltet die Karte wieder zusammen und stopft sie zurück in seine Sporttasche.

»Blöd ist nur, dass an den Nebenstraßen nur ganz wenige Orte liegen. Manchmal kommt viele Kilometer lang überhaupt kein Ort. Oder höchstens ein Bauernhof.«

Wieso ist das blöd? Das ist doch gut, denke ich, je weniger Orte, desto höher ist die Wahrscheinlichkeit, dass wir nicht angehalten werden. Juli seufzt und steht auf, wuchtet sich richtig hoch, obwohl er doch so dünn und drahtig ist, wie ein alter Mann muss er sich hochdrücken, ein bisschen sieht er aus, als ob die ganze Last der Welt auf seinen Schultern liegt. Dann guckt er wieder über den See und seufzt nochmal. Trägt seine Tasche zurück zum Bus und schiebt sie wieder unter die vorderste Bank. Dann fällt ihm offenbar ein, dass er was vergessen hat. Er zieht die Tasche nochmal raus, kramt eine Weile drin herum, findet, was er sucht und kommt damit zu mir zurück. In seiner ausgestreckten Hand liegt ein Handy.

»Hier. Aber nur anmachen, wenn du wirklich telefonieren willst. Die PIN ist einfach viermal die eins. Ich hab keine Ahnung, wie lange der Akku noch hält. Und Steckdosen gibt es hier nicht so viele, wie du sehen kannst.«

Mit ausgebreiteten Armen dreht er sich einmal um sich selbst und jetzt muss ich doch lachen.

»Hat noch Zeit«, sage ich und gebe ihm das Handy zurück. Er nickt und steckt es in seine Jackentasche.

»Ich geh mal 'ne Dönerbude suchen, soll ich dir was mitbringen?«, sagt er, dreht sich um und geht hinunter zum See. Erst muss ich grinsen über seinen Witz, dann fällt mir wieder ein, was ich Juli schon die ganze Zeit sagen wollte, von wegen Döner und so, aber stattdessen stehe ich auf und gehe zum Bus.

Als ich zurückkomme und auch zum See runtergehe, liegt da einer im Gras, die Augen fest geschlossen und schläft und träumt irgendwas, was ich daran erkenne, dass seine Augen unter den Augenlidern manchmal zucken und dann zuckt auch das Piercing über seiner Augenbraue und ich frage mich, was er jetzt wohl sieht im Traum und ob es ihm gut geht. So leise wie möglich lade ich meine Schätze neben ihm ab, breite erst das Handtuch aus, das ich aus meinem Rucksack geholt habe, lege vorsichtig zwei Wasserflaschen ins Gras und verteile alles andere.

Ich hab immer noch keine Ahnung, wie spät es eigentlich ist, aber bestimmt ist schon Nachmittag, die Sonne steht nicht mehr so hoch, und es ist sowieso seit dem Gewitter deutlich kühler geworden. Ich geh nochmal zurück zum Bus, um meinen Anorak zu holen, und als ich wiederkomme, sitzt Juli im Gras und starrt mit großen Augen auf mein Badehandtuch und auf zwei Becher Joghurt, zwei Äpfel und einen Stapel belegter Brote.

»Smaklig måltid!«, sage ich und lasse mich neben ihm ins Gras sinken.

Eine Viertelstunde später liegen wir pappsatt nebeneinander auf dem Rücken und gucken in den Himmel. Die Wolken über uns haben sich wieder in weiße Wattewolken verwandelt, keine Spur mehr von grau und schwer und Gewitter. Und während ich überlege, ob die eine Wolke mehr wie ein Dino aussieht oder doch eher wie eine Ente, fällt mir auf, dass ich noch nie so dagelegen und einfach in den Himmel geguckt habe. Also alleine schon. Aber noch nie mit einem Jungen. Du bist auch noch nie alleine durch Schweden gefahren, hast noch nie eine Wanderung auf Socken gemacht und noch nie hast du jemanden kennengelernt, der kein Wort über dein Gewicht verloren hat, sagt eine Stimme in mir. Das sind ganz schon viele »noch nie« für einen Tag.

»Was sagen eigentlich deine Eltern dazu, dass du ganz alleine durch Skandinavien fährst?«, frage ich in die Stille hinein.

Aus den Augenwinkeln sehe ich, wie Juli mit den Schultern zuckt. Okay. Falsches Thema.

»Sie wissen nicht, wo ich bin«, sagt er dann, steht auf und klopft sich das Gras von der Jeans.

»Du bist einfach abgehauen?«

»Naja, nicht wirklich. Sie denken, dass ich mit einem Kumpel und dessen Eltern Urlaub mache. Im Bayerischen Wald. Mein Kumpel weiß Bescheid. Und ich ruf sie alle zwei Tage an und erzähle ihnen, wie schön es in Bayern ist. Und mein Kumpel wirft irgendwann eine Postkarte in den Briefkasten, die ich schon zu Hause geschrieben habe.«

Jetzt grinst er wieder. Geht ein paar Schritte zum Wasser, bückt sich, hebt eine Handvoll Kieselsteine auf und lässt sie einzeln über das Wasser springen.

»Und warum willst du unbedingt zum Nordkap?«

»Ich hab's meinem Opa versprochen.« Er nimmt noch eine Handvoll Steine auf und wirft sie alle gleichzeitig in hohem Bogen in den See. Dreht sich um, läuft an mir vorbei zum Bus zurück, öffnet die Fahrertür und steigt ein. Ich sammele schnell mein Handtuch, die leeren Joghurtbecher und Flaschen ein, deponiere alles wieder im Kofferraum und klettere auf den Beifahrersitz.

»Kannst du denn überhaupt noch fahren? Ist doch schon spät.«

Juli nickt. Setzt zurück und lenkt den Bus wieder auf den Kiesweg. Kurz vor der Straße kommen wir an eine Kreuzung. Ein zweiter Kiesweg kreuzt unseren Kiesweg. Was die hier halt so Straße nennen, hatte Mario gesagt.

Juli bremst ab, guckt auf was an seinem linken Handgelenk, erst jetzt sehe ich, dass er eine Armbanduhr trägt, dann nimmt er die Uhr ab, hält sie vor die Windschutzscheibe, dreht sie ein bisschen, guckt nochmal, setzt den Blinker und biegt nach rechts in den anderen Weg ab.

»Besser, wir fahren hier lang«, sagt er. »Hier suchen sie vielleicht nicht.«

»Und wohin fahren wir hier?« Der Bus schaukelt so, dass ich mich an dem Griff über der Tür festhalten muss, um nicht vom Sitz zu rutschen. Auch wenn Juli behauptet, dass das hier kein Weg sondern eine offizielle Straße ist, kann ich mir nicht vorstellen, dass sie jemals wieder aus diesem Wald herausführt.

»Immer nach Norden«, sagt Juli und wirft seine Armbanduhr auf den Sitz zwischen uns.

# 9

Ich bin todmüde, aber ich traue mich nicht, einzuschlafen. Keine Ahnung, wie spät es ist, keine Ahnung, wie lange wir schon fahren, aber bestimmt müsste Juli dringend mal eine Pause machen, ich sehe, wie er sich immer wieder verstohlen die Augen reibt, auch mir fallen dauernd die Augen zu. Eine Cola wäre jetzt nicht schlecht, wenn ich ihm wenigstens eine Cola besorgen könnte, aber hier gibt es nichts als Bäume und das Mineralwasser im Kofferraum, immerhin. Und noch exakt vierzehn belegte Brote, aber die machen auch nicht wach. Ich nehm die Füße von der Ablage, setz mich gerade hin, das hilft ein bisschen, aber lange geht das so nicht mehr.

»Schlaf doch«, sagt Juli, aber ich schüttle den Kopf, das wäre ja noch schöner, wenn ich ihn schon nicht ablösen kann, dann helfe ich ihm wenigstens beim Wachbleiben.

Wir könnten was spielen, Ja-Nein-Fragen vielleicht, schlage ich vor, bei Ja darf man nochmal, bei Nein kommt der andere dran, das kenn ich von früher und spielen ist immer noch besser, als nur die ganze Zeit geradeaus zu gucken und sich durchrütteln zu lassen, bis der Kopf vor Müdigkeit auf das Lenkrad knallt. Juli ist einverstanden und fängt auch gleich an.

»Warst du schon mal in Schweden?«

»Nein.« Ich bin dran.

»Bist du mit der Fähre gekommen?«

»Ja.«

»Als blinder Passagier?«

»Nein.«

Irgendwie beruhigt mich das jetzt. Wenigstens für die Fähre hatte er ein Ticket. Jetzt ist Juli wieder dran.

»Wärst du jetzt gerne in deinem Ferienlager?«

»Nein.« Ich wieder.

»Vermisst du deinen Opa?«

»Ja.«

Okay. Bei Ja darf ich nochmal.

»Vermisst du auch deine Eltern?«

»Nein.« Jetzt Juli wieder.

»Vermisst du deine Eltern?«

»Ja.« Juli darf nochmal.

»Hast du Geschwister?«

Falsche Frage. Mama sagt immer, sie hat zwei Kinder. Eins im Himmel und eins auf der Erde. Also ja.

»Ja.« Und Juli darf nochmal.

»Einen Bruder?«

»Ja.«

»Ist er noch klein?«

»Ja.« Er wird nie größer werden. Aber das sage ich nicht.

»Spielst du gerne mit ihm?«

»Was hast du denn immer mit meinem Bruder? Frag doch mal was anderes!«, blaffe ich ihn an.

»Also nein«, antwortet Juli für mich. »Du bist dran.«

»Warum hast du deinem Opa das mit dem Nordkap versprochen?«

»Warum-Fragen zählen nicht. Deine Regeln. Nur ja oder nein!«

Also gut.

»Hast du deinem Opa wirklich versprochen, dass du zum Nordkap fährst?«

»Ja.«

Warum? Aber Warum-Fragen zählen ja nicht.

»Hat dein Opa dir deswegen Autofahren beigebracht? Damit du zum Nordkap fahren kannst?«

»Das waren zwei Fragen. Aber okay. Zweimal ja.«

Ich überlege, ob Julis Opa besonders dumm war oder besonders cool. Welcher Opa bringt denn einem Jugendlichen Autofahren bei, obwohl er noch gar nicht fahren darf, nur um ihn dann quer durch Skandinavien zu schicken?

Mir fallen nur noch Fragen ein, die weder mit Ja noch mit Nein zu beantworten sind. Halt. Eine hab ich noch.

»Wollen wir Pause machen?«

Juli zögert. Greift zur Armbanduhr. Guckt drauf. Beugt sich vor und guckt durch die Windschutzscheibe nach oben in den Himmel, keine Ahnung, was er da sucht, reibt sich wieder die Augen.

»Okay. Ein bisschen Pause wäre vielleicht wirklich nicht schlecht.«

Juli drosselt das Tempo, sucht nach einer Möglichkeit, ein Stückchen tiefer in den Wald hineinzufahren. Wenn das hier tatsächlich eine Straße ist, können wir schlecht einfach mittendrauf stehenbleiben, erklärt er. Außerdem will er kein Risiko eingehen. Auch wenn wir seit Stunden niemandem begegnet sind, könnte doch jemand hier vorbeikommen. Einige Schlaglöcher später biegt Juli ab auf einen Pfad, gerade breit genug für den Bus, fährt ein paar Meter, hält an und stellt den Motor ab. Und jetzt?

»Abendessen«, schlage ich vor. »Du kannst wählen zwischen Broten mit Belag oder Belag mit Broten. Was darf es sein?« Juli lacht und gemeinsam öffnen wir den Kofferraum. Zwischen achtzehn Rucksäcken und Beuteln mit Schwimmsachen steht die Kühlbox mit den restlichen Lunchpaketen. Unter der Box finden wir fein säuberlich gefaltet sogar eine Wolldecke. Und dann packen wir uns die Arme voll Proviant, nehmen die Decke, suchen uns durch die Rucksäcke, bis wir noch zwei sehr große Badelaken finden, auch meinen Rucksack ziehe ich aus dem Stapel, schmeißen den Rest wieder in den Kofferraum und klettern zurück in den Bus. Ich kriege die Rückbank, Juli die Bank in der Mitte. Den Autoschlüssel zieht er ab und steckt ihn sich in die Jeanstasche. Vorsichtshalber, sagt er. Und dann essen wir belegte Brote und Äpfel, teilen uns noch eine Flasche Wasser, und das ist definitiv das beste Abendessen, das ich je hatte.

Und dann fällt mir meine Oma ein. Juli gibt mir sein Handy, der Empfang ist schlecht, ich will es schon wieder ausschalten, aber dann meldet sich Oma doch, ganz nah klingt sie und ein bisschen besorgt und plötzlich habe ich einen Kloß im Hals und weiß gar nicht mehr, was ich eigentlich sagen wollte. Mario hat sie schon angerufen und deshalb sag ich ihr nur schnell, dass es mir gut geht, dass sie sich keine Sorgen machen soll, dass alles okay ist und ich in zwei oder drei Tagen wieder zurück im Camp bin. Dann lege ich auf. Juli zieht fragend die Augenbrauen hoch, aber ich gebe ihm einfach nur das Handy zurück und gucke schnell aus dem Fenster, damit er nicht sieht, wie meine Augen feucht werden.

Später holt Juli seine Sporttasche nach hinten und stopft sie sich als Kissen unter den Kopf und ich mache das Gleiche mit meinem Rucksack. Meine Jeans drückt wieder und verstohlen zieh ich den Reißverschluss auf, ganz ausziehen wäre besser, aber das trau ich mich nicht, wird vielleicht auch zu kühl in der Nacht, aber morgen, morgen ziehe ich mein Sommerkleid an, dann kann ich wieder atmen und eine Nacht wird es auch so gehen.

»Ist dir kalt?«, fragt Juli und wirft mir die Decke zu.

»Und du?«, frage ich zurück, aber da hat er sich schon in die beiden Badelaken gewickelt und sich zusammengerollt auf der Bank. Also nehme ich die Decke, krieche drunter, lege mich auf den Rücken, die Beine aufgestellt, weil die Bank sonst zu kurz ist, gucke zu den Scheiben, die langsam von innen beschlagen, aber aufmachen wollen wir sie trotzdem nicht, die Mücken tanzen vor den Fenstern und suchen nach einem Schlupfloch. Ein Stückchen Himmel kann ich noch sehen, er ist immer noch hell, auch wenn es hier im Bus langsam dämmrig wird, die Sonne steht zu tief, um noch viel Licht durch die Bäume zu werfen.

»Gute Nacht«, sage ich leise, aber Juli antwortet nicht mehr, atmet ganz ruhig und gleichmäßig, ist schon weggedämmert in das Reich der Träume und ich liege noch eine Weile wach und spüre so ein Ziehen da wo das Herz ungefähr ist, denke an Mama und Papa, versuche auszurechnen, wie viele tausend Kilometer sie weg sind, denke an meine Oma, an mein Nachtlicht von früher und die leisen Stimmen in der Dunkelheit, die mir so fehlen. Ich ziehe die Decke ein bisschen fester um mich, drehe mich auf die Seite, mein Hintern hängt über dem Rand, Gesicht zur Rückwand, anders geht es nicht, die Bank ist zu schmal und ich hoffe, dass Juli nicht zu mir rüberguckt in der Nacht und sieht, wie wenig Platz so eine wie ich auf so einer Bank hat. Aber Juli schnarcht leise und dann denke ich auch nichts mehr und schlafe ein.

Ich wache erst wieder auf, als Juli die Seitentür mit einem Rums aufzieht und frische Luft ins Innere lässt. Sofort surren auch die Mücken nach innen und mit heftigem Wedeln und Rumzappeln jagen wir sie wieder hinaus. Alles ist feucht, klamm, die Wolldecke hat sich irgendwo um meine Beine gewickelt, aber der Tag riecht neu und unverbraucht und nach Abenteuer. Ich mag es, wenn der Tag noch ganz frisch vor einem liegt, wenn noch alles offen ist, und wenn der Tag noch nicht mehr ist als nur eine Ahnung dessen, was sein könnte.

Ich reibe mir den Schlaf aus den Augen und setze mich auf. Julian ist zum Kofferraum gegangen und kommt mit zwei Bechern Joghurt und zwei Äpfeln zurück ins Wageninnere. Auch wenn ich unsere Speisefolge ein bisschen eintönig finde, bin ich doch froh, dass wir wenigstens dieses Problem nicht haben. Wir opfern eine Flasche Mineralwasser, um uns kurz frisch zu machen und den Schlaf aus den Augen zu waschen, gestern am See wäre das leichter gewesen, Zähne putzen fällt aus, Mund ausspülen muss reichen. Und dann fahren wir weiter.

Juli versucht, sich wieder auf Nebenstraßen zu halten, Straßen voller Schlaglöcher und Kies und Zweige, die gegen den Bus schlagen, von Asphalt und Platz keine Spur. Immer wieder guckt er auf seine Armbanduhr, die noch neben ihm liegt, biegt mal rechts ab, mal links und ich verstehe nicht, was er da macht.

»Wir müssen nach Norden«, sagt er. »Kannst du mal gucken?« Und hält mir die Uhr hin. Ich gucke auf die Uhr, dann wieder zu ihm, er sieht die Fragezeichen in meinem Gesicht, hält an und zeigt mir, wie ich die Uhr halten muss. Kleiner Zeiger zur Sonne, deshalb verrenkt er sich also immer beim Blick aus der Windschutzscheibe, dann genau die Mitte zwischen Sonne und zwölf Uhr suchen, da ist Süden, Norden liegt gegenüber, ist doch nicht so schwer oder? Ich merke seine Ungeduld, das Gegurke mit dem Bus nervt, ihm geht alles zu langsam, alles dauert zu lange.

»Warum hast du es eigentlich so eilig?« Ich verknote mir fast den Hals, um die Sonne nicht aus dem Blick zu verlieren, was schwierig ist unter Kiefern und Birken, die sich einen Spaß daraus machen, die Sonne zu verstecken. Wie er die Himmelsrichtung bei Regen finden will, frage ich lieber nicht.

»Übermorgen ist Mittsommernacht, dann müssen wir da sein.«

»Übermorgen? Mittsommernacht? Sommeranfang. Warum ausgerechnet dann?« Gestern noch hat Juli mir erklärt, dass am Nordkap fast drei Monate lang die Mitternachtssonne scheint, da kommt es doch auf einen Tag nicht an, oder?

Keine Reaktion.

»He, kannst du mal antworten? Warum übermorgen? Warum nicht überübermorgen? Oder überüberübermorgen? Ist doch egal, wann.«

»Ist es nicht. Mir ist es nicht egal.«

Mehr kommt nicht. Nur Schweigen. Und ich schalte das Radio ein und suche, ob ich einen Sender finde, aber das hat keinen Sinn. Kein Empfang oder die schwedischen Radiosender senden heute nicht.

Dann piept irgendwas. Vorne. Am Armaturenbrett piept es, etwas leuchtet und Juli flucht und schlägt mit den Händen auf den Lenker.

»Auch das noch!«

»Was ist denn?«

»Benzin ist fast alle. Wir brauchen eine Tankstelle.«

Eine Tanke? Jetzt? Mitten im Wald? Es hilft alles nichts. Wir müssen zur Straße. In Schweden gibt es Tankstellen ohne Personal, weiß Juli. Zapfsäulen, die einsam in der Gegend rumstehen. Du wirfst Geld ein, tankst, ziehst die Quittung und fährst weiter. Das Risiko, dass noch jemand neben dir tankt, ist gering. So eine müssen wir suchen. Bald. Juli zeigt auf die leuchtende Tankanzeige.

»Hast du denn Geld?«, frage ich.

Er nickt. »Du nicht?«

Ich schüttele den Kopf. Geld haben wir nicht mitgenommen ins Bergwerk. Geldbeutel, Handys, alles was wertvoll ist und verloren gehen könnte, lasst ihr besser im Camp, hatte Svenja gesagt. Erst jetzt wird mir das klar, dass ich völlig ohne Papiere und Geld mitten durch Schweden fahre.

»Guck mal in meiner Sporttasche.« Juli zeigt hinter sich. Die Sporttasche liegt auf der Rückbank. Ich dreh mich um, klettere auf meinen Sitz, beuge mich soweit es geht nach hinten und hangle nach der Tasche. Erst beim zweiten Versuch erwische ich einen Griff, zieh die Tasche nach vorne und stelle sie zwischen uns.

»Wo denn?«, frage ich, weil ich nicht einfach in seinen Sachen rumwühlen will.

»Irgendwo im Hauptfach. Unter den T-Shirts.«

Ich zieh den Reißverschluss auf, werfe einen Blick in die Tasche. T-Shirts, zwei oder drei Sweatshirts, in der Ecke zusammengerollte Socken, eine Jeans, darunter die Jogginghose, meine Hand gräbt sich an den Klamotten vorbei, ein Stapel Boxershorts, mein Gesicht wird heiß, jetzt bloß nicht hochgucken, damit Juli nichts merkt, ich taste in der ganzen Tasche herum, aber da ist kein Geldbeutel.

»Da ist nix.«

»Kann nicht sein. Guck nochmal richtig.«

Ich gucke nochmal richtig. Immer noch nix. Vielleicht in den Seitentaschen? Linke Seitentasche. Nichts. Rechte Seitentasche. Auch nichts. Kein Geldbeutel da.

Juli wird lauter, sagt, dass ich nicht richtig suche, ich blaffe zurück: »Such doch selbst.«

Er macht eine Vollbremsung, reißt mir die Tasche aus der Hand, kippt den gesamten Inhalt zwischen uns auf die Bank, ein Foto fällt dabei auch heraus, das er schnell an sich reißt und in die Innentasche seiner Lederjacke schiebt. Sonst nichts außer Klamotten. Er wühlt alles durch, schüttelt die Tasche nochmal, stellt sie auf den Kopf, dann sucht er in seiner Jacke, Innentasche, Außentaschen, klopft seine Jeans ab. Nichts. Er springt auf, krabbelt unter die Bank. Hechtet über die Rückenlehne, sucht unter der mittleren Bank. Dann unter der letzten. Fährt mit den Händen in jeden Spalt, in jede Ritze.

»Such doch auch mal mit. Vielleicht im Kofferraum!«

Ich gehe zum Kofferraum, zerre alles raus. Rucksäcke, Sportbeutel, Kühlbox, die ganzen Wasserflaschen, leere Joghurtbecher, Verbandskasten, Warndreieck, alles. Julis Geldbeutel ist nicht da.

»Vielleicht ist er rausgefallen. Gestern am See. Als du die Landkarte studiert hast. Oder heute Morgen. Beim Umziehen. Du hast dich doch umgezogen?« Natürlich hat er. Das T-Shirt, das er heute trägt, ist frisch.

»Scheiße!« Juli tritt mit voller Kraft gegen den Bus. »Scheiße! Scheiße! Scheiße!«

Wenn der Geldbeutel nicht im Bus liegt, muss er irgendwo draußen sein. Also irgendwo im Wald. Da, wo wir übernachtet haben oder irgendwo am See. Und beide Stellen finden wir niemals wieder. Keine Chance.

# 10

»Vielleicht hat ja jemand von den anderen aus der Gruppe Geld eingesteckt.« Ich glaube das nicht wirklich, aber irgendwas muss ich doch sagen.

Und dann öffne ich jeden einzelnen Rucksack und kippe den Inhalt auf den Boden, wühle mich durch Bikinis, Handtücher und Sonnencreme, finde verklebte Kaugummireste, Haargummis, eine verwaschene Superman-Unterhose (Malte), ein Feuerzeug und ein Päckchen Kondome (vermutlich Juma). Aber nicht eine einzige Öre.

»Okay.« Juli atmet tief durch. »Wenn die Tankanzeige einigermaßen stimmt, kommen wir damit noch ungefähr sechzig, siebzig Kilometer weit. Bis dahin müssen wir irgendwo Benzin auftreiben. Oder Geld. Und das finden wir nur, wenn wir zurück in die Zivilisation fahren.«

Ohne ein weiteres Wort klettert er wieder in den Bus und ich muss mich echt beeilen, um all die Taschen und Handtücher und Badehosen wieder in den Kofferraum zu werfen. Kaum sitze ich neben ihm, fährt er auch schon los.

Eine Zeitlang spricht keiner von uns ein Wort. Irgendwann halte ich es nicht mehr aus.

»Vielleicht können wir auch ein bisschen Benzin klauen. So wie in *Tschick*.«

»Wie in was?«

»In *Tschick*.« Und dann erzähle ich ihm von meinem Lieblingsbuch, von den beiden Jungs, die in einem geklauten Lada von Berlin aus in die Walachei fahren wollen – »Walachei, was für ein Schwachsinn«, wirft Juli ein – und denen das Benzin ausgeht und die dann auf einem Rastplatz mit einem Schlauch, den sie vorher auf einer Müllhalde gefunden haben, Benzin aus einem anderen Auto abpumpen.

Juli verdreht die Augen. Sagt was von typisch Schriftsteller und total unrealistisch, aber bitte, suchen wir eine Müllhalde und einen Rastplatz, möglichst alles direkt nebeneinander und dann genug verlassene Autos mit möglichst vollen Tanks, denn so ein Bus, der schluckt ja einiges, da wird ein Auto gar nicht reichen, aber wir könnten ja auch gleich einfach das andere Auto klauen und den Bus stehen lassen. Und dann sagt Juli nichts mehr.

Auf einmal schmeckt der Tag gar nicht mehr so gut nach Sommer und Abenteuer, sondern mehr nach Streit und jeder Menge Probleme und ich weiß plötzlich auch gar nicht mehr, ob ich wirklich zum Nordkap will oder nicht doch besser wieder zurück ins Camp, nicht als Lore, sondern lieber wieder als Madeleine unsichtbar im Gras sitzen und meine Ruhe haben. Aber dann sehe ich wieder Juli an, sehe, wie es hinter seiner Stirn arbeitet, weil er so verzweifelt eine Lösung sucht, und weil er ihn nicht aufgeben will, diesen Traum vom Nordkap in der Mittsommernacht. Ich will auf gar keinen Fall ein anderes Auto klauen. Und ich will auch nicht, dass Juli das macht. Einmal ist genug. Mehr als genug.

»Wir könnten trampen«, schlage ich vor und weiß gleichzeitig, dass das eine blöde Idee ist. Ich stell die Füße auf die Ablage, ziehe die Socken aus und guck mir meine Blase an. Sieht schon viel besser aus. Die Haut ist ganz schrumpelig und blass, eingetrocknet, nicht mehr so rot und entzündet. Ich lass die Socken gleich aus. An der frischen Luft heilt alles besser, sagt Oma immer. Weil Juli immer noch nicht redet und ich das Schweigen zwischen uns nicht aushalte und irgendwas tun muss, nehme ich die Brille ab und reibe meine Nasenwurzel. Dann lehne ich den Kopf an die Fensterscheibe und gucke nach draußen. Eine ganze Weile schaukeln wir so schweigend durch den Wald, bis Juli plötzlich abbiegt und das Schaukeln weniger wird, weil wir wieder auf einer richtigen Straße sind. Ich kneife die Augen zu, weil es sofort viel heller wird im Bus, am Straßenrand ist jetzt auch kein Wald mehr, sondern Wiesen und Felder und ab und zu ein paar Obstbäume.

»Mein Opa hatte Krebs«, sagt Juli plötzlich.

Und ich halte ganz still, gucke weiter nach draußen und da ist dieses Wort, das passt gar nicht zu den anderen, so als ob du ein Foto machst und dann läuft dir was ins Bild, das da nicht hingehört. Felder. Wiesen. Obstbäume. Schweden. Mücken. Sommer. Krebs.

»Früher, als ich noch kleiner war, hat er mir immer vom Nordkap erzählt. Dass er da mal war und wie schön es da ist. Und dass er mir das unbedingt einmal zeigen will. Wenn du fünfzehn bist, hat er immer gesagt. Wenn du fünfzehn bist, fahren wir da hin. Nur du und ich.«

Aus dem Augenwinkel sehe ich, wie Juli sich mit dem Ärmel über das Gesicht wischt.

»Und dann kam diese Scheißkrankheit. Aber er wollte es unbedingt schaffen. Also zum Nordkap. Mit mir. Als er im Krankenhaus war, hab ich ihm Landkarten besorgt und ein Smartphone und er hat die ganze Route ausgerechnet und alles genau geplant.« Juli zieht die Nase hoch.

»Und als er wieder draußen war, da hat er zwei Tickets für die Fähre gekauft und mir Autofahren beigebracht. Damit ich ihn unterwegs ab und zu ablösen kann. Falls er mal ausruhen muss, hat er gesagt.«

Schweigen.

»Und ich habe so gehofft, dass er es noch packt. Ich hab es die ganze Zeit gehofft.«

Jetzt gucke ich Juli an und sehe Tränen über sein Gesicht laufen. Er wischt sie nicht weg. Lässt sie einfach laufen, sie tropfen von seinem Kinn aufs Lenkrad und von da weiter auf seine Beine, und ich denke an meine Oma, versuche mir vorzustellen wie das wäre, wenn sie ... und kapier jetzt, warum er da unbedingt hin will. Ich kann gar nichts sagen, weil ich weiß, in ihm drinnen ist alles ganz offen und wund, so in etwa wie bei meiner Ferse, nur viel, viel schlimmer. Und wie bei meiner Ferse muss man ganz behutsam sein, dass man nicht dran fasst, nicht alles aufreißt und dann entzündet sich alles und tut noch viel mehr weh. Aber meine Hand wandert ganz automatisch zu ihm rüber. Und dann liegt meine Hand auf seinem Bein und jetzt tropfen die Tränen nicht mehr auf seine Jeans sondern auf meine Hand.

Juli zieht erst die Nase hoch, dann die Schultern, sagt irgendwas wie »nichtzuändern« oder »isthaltjetztso« und dann: »Ich hab eine Idee.«

Sofort erklärt er mir seine total bescheuerte Idee, also ich sage ihm gleich, dass ich sie total bescheuert finde und da auf gar keinen Fall mitmache, aber er sagt, das ist unsere einzige Chance und auch längst nicht so anstrengend, wie erst einen Schlauch und dann ein vollgetanktes Auto suchen und auch nicht so gefährlich wie ein anderes Auto zu klauen.

Und weil ich auch keine bessere Idee habe, gebe ich irgendwann nach und sage, okay, versuchen wir es.

Und dann suchen wir einen Campingplatz.

Die ganze Zeit haben wir gehofft, niemandem zu begegnen, sind kreuz und quer durch den Wald gefahren, damit keiner uns sieht oder den Bus und vielleicht die Polizei verständigt. Und jetzt suchen wir einen Campingplatz. Wir fahren ganz langsam und Juli guckt links, ich gucke rechts, es muss doch irgendwo einen Campingplatz geben, in Schweden wimmelt es nur so von Campingplätzen oder eben Plätzen, wo Leute zelten, weil man in Schweden eigentlich überall zelten darf, sagt Juli, und die meisten zelten an einem See. Dann entdeckt Juli das Schild: Camping. Und daneben ein stilisiertes Zelt.

Es ist kein großes Schild. Nur ein kleines Holzschild neben einem Birkenwäldchen. Ein Pfeil zeigt, dass man durch das Wäldchen fahren muss. Als Juli abbiegt, sehe ich schon durch die weißen Baumstämme den See in der Sonne glitzern, da ist tatsächlich auch ein See, und davor sehe ich einzelne bunte Hügel, die aussehen, wie Wolldecken, unter denen sich Riesen eingekuschelt haben zum Schlafen. Zelte.

Damit wir nicht entdeckt werden, fährt Juli nur ein kleines Stück in den Weg hinein, wendet und parkt den Bus auf einem Seitenstreifen.

»So können wir schneller abhauen«, sagt Juli und geht los.

Ich stolpere barfuß neben ihm her, will etwas sagen, aber Juli legt einen Finger auf seine Lippen. Auch wenn wir ohne den Bus aussehen wie ganz normale Teenager, die hier vielleicht nur spazieren gehen oder baden wollen, ist es besser, wenn uns niemand hört oder sieht. Wir laufen also schweigend nebeneinander her und ich wünschte, wir wollten wirklich nur spazieren gehen.

Dann stehen wir vor einem Zelt. Juli fasst meine Hand, zieht mich vom Weg runter und duckt sich hinter einen Strauch. Ich kauere neben ihm und bin mir sicher, dass man meinen Herzschlag bis hinunter zum See hören kann, von dem uns Gelächter und Geschrei und das Platschen von Wasser entgegen tönt. Das Zelt liegt rund und kugelig im hohen Gras, neben dem Zelt eine Kochstelle und ein paar leere Flaschen. Zwischen zwei Birken ist eine

Wäscheleine gespannt, auf der Handtücher wie bunte Wimpel in der Sonne trocknen. Weiter hinten sehe ich noch andere Zelte, aber das hier liegt ganz alleine und verlassen.

Juli legt noch einmal den Finger auf seine Lippen, ich nicke, obwohl ich viel lieber den Kopf schütteln möchte, mach das nicht, will ich sagen, bleib hier, was, wenn das Zelt gar nicht verlassen ist, wenn die da drin nur schlafen und du sie aufweckst. Dann rufen sie die Polizei und wohin soll ich denn weglaufen, ich kann doch gar kein Auto fahren. Dann ist alles aus. Aber da ist Juli schon aufgestanden, und mit klopfendem Herzen gucke ich zu, wie er zum Zelt rüber schleicht. Das Zelt hat zwei Eingänge und neben dem einen bleibt er einen Moment hocken und horcht, dann dreht er sich zu mir um und streckt einen Daumen in die Luft. Alles okay.

Als Juli die Hand nach dem Reißverschluss ausstreckt, schlägt mein Herz so heftig, dass ich das Klopfen in meinem Hals spüre, ich verschränke meine Finger ineinander, weil ich sie nicht stillhalten kann, beiße mir auf die Unterlippe, möchte am liebsten aufhören zu atmen. Bitte, bitte, mach, dass das Zelt leer ist, bete ich, ohne zu wissen, wer das bitte machen soll, lass ihn nicht erwischt werden, lass niemanden im Zelt sein. Ich höre das Reißverschlussgeräusch bis zu mir rüber und bin mir sicher, dass es das lauteste Geräusch im ganzen Wäldchen ist, bestimmt hören die unten am See es auch und gleich kommen sie mit Geschrei und Gebrüll angelaufen. Ich kneife die Augen zu, weil ich gar nicht sehen will, wie sie kommen und als ich die Augen wieder öffne, sehe ich von

Juli nur noch ein Paar Beine und seine Turnschuhe, der Oberkörper steckt im Zelt.

Und dann geht alles ganz schnell. Julis Oberkörper kommt raus, mit einem lauten Ratsch zieht er den Reißverschluss wieder zu, huscht zu mir zurück ins Gebüsch.

»Ich hab's«, sagt er nur, klopft auf seine Jackentasche und zieht mich hoch. Meine Beine fühlen sich an wie Gummi, aber Juli zieht mich weiter und läuft zurück zum Bus. Ich beeile mich, mit ihm Schritt zu halten, und jetzt fällt mir wieder ein, was ich ihm die ganze Zeit sagen wollte, dass nämlich abhauen und schnell und ich überhaupt nicht zusammenpassen. Ich bin noch nie schnell irgendwo abgehauen und beim Fangenspielen früher sollte ich immer der Fänger sein, weil die anderen es viel lustiger fanden, mir dabei zuzusehen, wie ich mit hochrotem Kopf hinter ihnen herhechle, als sich wirklich fangen zu lassen.

Auch jetzt bin ich sofort aus der Puste, obwohl Juli gar nicht rennt, sondern nur ein bisschen schneller geht als vorher. Zügig, würde meine Oma sagen. Kind, geh doch mal ein bisschen zügiger und bummel nicht so. Also versuche ich zügig hinter ihm her zu humpeln und nehme mir vor, nachher endlich diese engen Jeans auszuziehen.

Nachher.

Plötzlich wird mir bewusst, dass es ein Nachher geben wird. Dass ich wieder anfangen kann zu atmen, dass mein Herz wieder langsamer schlagen darf, dass ich die Augen wieder aufmachen kann und dass wir es mit ein bisschen Glück vielleicht doch noch zum Nordkap schaffen.

Ein paar Meter noch, dann sehe ich den Bus. Rot leuchtet er durch die Blätter, rot und fröhlich, ich gucke zu Juli rüber, sehe, dass er das Gleiche denkt wie ich. Das Grinsen ist zurück in seinem Gesicht, er nickt, hält mir die rechte Hand entgegen. »High five«, sagt er und ich klatsche ihn ab und fühle mich älter, mutiger, stärker als je zuvor, gar nicht mehr wie dreizehn, viel mehr wie vierzehn und Svenja mit ihrem ewigen »fast vierzehn ist noch nicht vierzehn«-Gerede kann mir mal den Buckel runterrutschen. Es gibt Momente, da kann man alles sein. Dreizehn und vierzehn und Hundertundeins und alles gleichzeitig und nichts kann dir mehr passieren in diesen Momenten, weil einem das Glück auf der Straße liegt, wenn man alles ist.

Wir steigen ein. Juli steckt den Schlüssel ins Zündschloss, startet den Motor, fährt los. Ich mach wieder den Knopf von der Jeans auf, inzwischen ist es mir egal, ob Juli das sieht oder nicht. Wenn man sich stark fühlt, ist alles egal.

Der Bus rumpelt zurück vom Weg auf die Straße, Juli beschleunigt ein bisschen, aber nicht zu viel, wir müssen ja noch eine Tanke finden. Aber die finden wir jetzt auch bald, da bin ich mir sicher.

»Ich hab nicht alles genommen«, sagt Juli und drückt mir einen Stapel bunter Geldscheine in die Hand. Schwedische Kronen. »Nur so viel, dass wir tanken können.«

»Aber du hast das Geld geklaut. Klauen darf man nicht.«

Die Stimme kommt von hinten.

Juli macht eine Vollbremsung.

Ich rutsche fast vom Sitz und stoße mir den Kopf an. Dann drehen wir uns beide um.

Auf der hintersten Bank sitzt einer und grinst von einem Ohr bis zum anderen. Kein Erwachsener. Ein Jugendlicher. Ein Junge, älter als wir, vielleicht auch nicht, schwer zu sagen, und dann wiederholt er es nochmal, vielleicht denkt er, wir hätten es nicht gehört:

»Klauen darf man nicht. Aber ich weiß, wo eine Tankstelle ist.«

Mit großen Augen strahlt er uns an. Überhaupt ist alles an ihm sehr groß. Seine Augen, sein Kopf, sein Nacken, seine Hände, von denen er jetzt eine hochhebt und in irgendeine Richtung zeigt. Sein Mund steht ein bisschen offen, und ich kann die Spitze seiner Zunge sehen.

# 11

»Wo kommt der denn auf einmal her?« Juli senkt seine Stimme zu einem Flüstern und starrt mich völlig entgeistert an, aber ich bin genauso ratlos wie er.

»Hast du den Bus denn nicht abgeschlossen?«, flüstere ich zurück. Er schüttelt den Kopf.

»Ich wollte doch, dass wir so schnell wie möglich abhauen können, wenn etwas schiefgeht.«

Wenn etwas schiefgeht.

Wir sind nicht nur beim Klauen erwischt worden.

Der, der uns erwischt hat, sitzt auch noch dick und breit hinter uns.

Gründlicher kann ja wohl kaum etwas schiefgehen.

»Und jetzt?« Fragend sehe ich Juli an.

»Mach einen Vorschlag«, knurrt der.

»Erst mal von der Hauptstraße runter?« Ich zeige nach vorne. Inzwischen sind meine Augen darin geübt, die Einmündungen von Nebenstraßen und Waldwegen schon aus der Ferne zu erkennen.

»Okay.«

Juli steht ganz offensichtlich total unter Schock. Wie in Zeitlupe legt er einen Gang ein und gibt Gas. Im Schritttempo fährt er zu der Stelle, die ich ihm gezeigt habe und biegt ab. Einige Meter später hält er wieder an.

»Okay«, sagt er nochmal.

Und dann: »Eye, Riesenbaby, Endstation. Du kannst jetzt aussteigen.«

»Ich. Bin. Kein. Riesenbaby.«, kommt es von hinten. »Ich bin überhaupt kein Baby mehr. Ich heiße Vincent und bin sechzehn Jahre alt.«

Wenn das hier eine Meisterschaft im Synchronschwimmen oder so wäre, würden Juli und ich garantiert den ersten Platz machen. Wieder absolut gleichzeitig drehen wir unsere Köpfe nach hinten.

»Was?«

»Ja, da guckst du, gell?«, sagt der, von dem wir jetzt wissen, dass er Vincent heißt, und strahlt Juli aus vollem Herzen an.

»Du – ähm – bist also – ähm, Vincent ...«, Juli ist völlig von der Rolle.

»Sag ihm, dass er aussteigen soll«, zischt er mich an.

»Und wie soll ich das bitteschön machen?«, zische ich zurück.

Vincent beobachtet uns gespannt, ohne dabei ein einziges Mal zu blinzeln, dann wendet er sich wieder an Juli:

»Du bist eine zu früh rausgefahren. Es sind zwei Abzweigungen bis zur Tankstelle. Du musst bis zwei zählen. Nicht nur bis eins.«

Ich bin mir ziemlich sicher, dass Juli gleich platzt. Aber Juli bleibt ganz ruhig.

»O-kay«, sagt er wieder. Diesmal zieht er das O so in die Länge, dass es fast ein bisschen erstaunt klingt. Mehr so wie »Oh?«. Dann atmet er ganz tief ein und wieder aus. Und dann noch einmal: »O-kay.«

Juli öffnet die Fahrertür und steigt aus. Vincent verfolgt gespannt jede seiner Bewegungen. Juli geht vorne um den Bus herum, geht an der Beifahrertür vorbei, ich beobachte ihn ebenfalls, aber er vermeidet jeden Blickkontakt mit mir, dann zieht er die Schiebetür mit einem kräftigen Ruck auf. Ich zucke zusammen. Vincent verzieht keine Miene. Juli steht da in der offenen Tür, eine Hand noch am Griff, mit der anderen fasst er ins Wageninnere.

»Aussteigen! Hast du nicht gehört? Endstation! Los, raus hier!« Er greift nach Vincent, erwischt ihn am Ärmel seines Sweatshirts und fängt an, an ihm zu ziehen und zu zerren. Vincent bewegt sich keinen Millimeter.

»Das ist die falsche Ausfahrt«, sagt er nur. »Du musst bis zur zweiten Ausfahrt fahren. Eins. Zwei.« Er zeigt mit zwei Fingern, was er meint.

Und da rastet Juli aus. Schreit und tobt: »Steig endlich aus«, schlägt mit der flachen Hand aufs Autodach, »Hau doch ab, wir brauchen dich nicht, du hast hier nichts zu suchen«, greift wieder ins Innere, zerrt, schiebt, stemmt sich gegen den Bus, um mehr Kraft zu haben, »Blödes Riesenbaby, beweg deinen fetten Arsch endlich raus«, an dieser Stelle zucke ich zusammen, »Wenn du jetzt nicht aussteigst, dann werde ich ... dann werde ich« ... und Juli fängt an, alles aufzuzählen, was er dann wird, während Vincent sich immer noch nicht bewegt, sondern ihn nur weiter erstaunt anstarrt, nur das Lächeln ist verschwunden. Jetzt beobachtet Vincent Juli mit zusammengezogenen Augenbrauen, was dazu führt, dass seine Augen sich noch mehr zu Schlitzen verengen, als sie es ohnehin schon tun.

»Juli, bitte …«, versuche ich, ihn zu stoppen. Aber Juli ist nicht zu stoppen.

»Du! Steigst! Jetzt! Sofort! Aus!«, brüllt er und greift wieder nach dem Ärmel von Vincents Sweatshirt.

Plötzlich reißt Vincent die Arme nach oben, ballt seine Hände zu Fäusten und drückt sie sich rechts und links auf die Ohren. Dann presst er die Augen zu und stammelt immer wieder nur den gleichen Satz: »Du darfst nicht schreien. Du darfst nicht schreien. Du darfst nicht schreien.«

Ich halte das nicht länger aus. Öffne die Beifahrertür und klettere aus dem Bus, gehe zu Juli und lege ihm die Hand auf den Arm.

»Bitte, Juli, warte doch mal. Du machst ihm ja Angst. Du hast doch gesehen, was mit ihm los ist, oder?«

Juli schüttelt meine Hand ab und denkt gar nicht daran, sich zu beruhigen.

»Was mit dem los ist? Der sitzt im falschen Film, das ist los. Der soll endlich aussteigen und zu Mami und Papi zurücklaufen, damit wir weiterfahren können.«

»Nein!« Vincent klingt jetzt wirklich ganz weinerlich. »Ich will nicht zurück. Ich will auch Bus fahren. Bitte!«

Jetzt beugt Juli sich ins Innere und versucht, Vincent mit beiden Händen gleichzeitig zu packen.

»Vergiss es! Und jetzt komm da endlich raus, du verdammter blöder Mongo!«, brüllt er.

Ich sehe, wie Vincent zusammenzuckt. Sein ganzer riesiger massiger Körper zieht sich bei Julis Schimpftirade zu einem einzigen großen Krampf zusammen.

Dann zieht er geräuschvoll die Nase hoch, öffnet die Augen wieder und starrt Juli feindselig an.

»Ich bin kein ... Mon-go«, sagt er und schüttelt heftig den Kopf. »Niemand d-d-darf M–Mongo zu mir sagen, d-d-du L-L-Leuchtkäfer.« Jetzt fängt Vincent an zu stottern.

»Bitte, Juli«, versuche ich es noch einmal. Über den Leuchtkäfer muss ich grinsen.

»Wenn du Mongo zu mir sagst, dann verrate ich dir nicht, wo die Tankstelle ist.« Vincent hat seine Stimme offensichtlich wieder im Griff. »Weil Mongo ein böses Wort ist. Ein Schimpfwort. Und Schimpfwörter darf man nicht sagen.«

Juli stöhnt auf. Dann schlägt er noch einmal wütend mit der flachen Hand auf den Bus, knallt die Schiebetür wieder zu, dreht sich um und läuft ein Stück in den Wald. Vincent starrt ihm völlig verstört hinterher. Behutsam öffne ich die Schiebetür wieder.

»Hier ist keine Tankstelle«, erklärt er mir und schüttelt dabei die ganze Zeit den Kopf. »Da kann er lange suchen.«

Ich versuche, Vincent zu beruhigen. Sage ihm, dass er warten soll, dass ich Juli zurückhole, dass ich übrigens Lore bin, strecke ihm die Hand hin, er lächelt: »Hallo Lore«, gibt mir auch die Hand, eine fleischige warme Hand, und ich wundere mich wieder, wie vertraut der Name schon ist.

»Warte einfach«, bitte ich ihn noch einmal und laufe Juli hinterher.

Juli sitzt auf einem riesigen Findling und hat den Kopf in die Hände gestützt, starrt auf den Boden, mit dem Fuß kickt er wütend gegen einen Kiefernzapfen. Als ich mich neben ihn setze, guckt er hoch.

»Ist er weg?«

»Nein.«

»Aber der muss weggehen. Ich will endlich weiterfahren.«

Ich zucke mit den Schultern. »Kannst ihn ja schlecht zwingen.«

Jetzt tritt Juli gegen den Stein.

»Aber mitnehmen kann ich ihn auch nicht.«

»Warum nicht?«

Juli stöhnt auf. Tritt wieder gegen den Stein.

»Warum, warum, warum ist die Banane krumm? Darum.«

»Aber mitnehmen ist vielleicht besser als hierlassen.«

»Wie kommst du denn darauf?« Verwundert guckt Juli mich an. »Wenn wir ihn mitnehmen, dann starten die doch sofort 'ne Suchaktion. Geistig behindertes Riesenbaby entführt. Dann hetzen die noch mehr Polizei auf uns.«

»Sag nicht immer Riesenbaby, bitte. Und geistig behindert ist er auch nicht. Hast doch gehört, Vincent ist schon sechzehn. Älter als du«, setze ich schnell hinzu, als ich sehe, wie er die Nase rümpft.

»Und ja. Das mit der Suchaktion kann sein. Aber wenn wir ihn hierlassen, dann rennt er zu seinen Eltern oder zu seinen Betreuern oder wer auch immer mit ihm da am See abhängt und erzählt denen alles. Von dir, von mir, von dem Bus, wie der aussieht, wo wir tanken wollen, dass wir das Geld geklaut haben, einfach alles. Und dann kriegen sie uns noch viel schneller.«

Natürlich wäre es mir eigentlich auch am liebsten, dieser Vincent wäre gar nicht erst aufgetaucht. Juli hat schon recht, leichter wird die ganze Sache nicht mit ihm. Aber irgendwie tut er mir auch leid.

»Was hältst du davon, wenn wir ihn erst mal mitnehmen. Wir lassen uns von ihm die Tankstelle zeigen, gönnen ihm ein bisschen Busfahren und irgendwo halten wir wieder an und lassen ihn dann da.«

»Du willst ihn unterwegs einfach irgendwo vergessen? Mitten im Wald?« Kann es sein, dass ich in Julis Stimme so etwas wie Bewunderung höre?

»Naja, nicht mitten im Wald. Aber vielleicht halten wir einfach nochmal irgendwo, wo auch andere Leute sind. Campingplatz, Rastplatz, Toiletten, Grenze nach Norwegen, irgend so etwas halt. Und wenn wir ihn dann da vergessen, dann wissen wir wenigstens, dass er unversehrt wieder nach Hause kommt. Dafür wird dann schon jemand sorgen.«

Eigentlich weiß ich selbst, wie bescheuert mein Plan klingt. Und ich bin mir ziemlich sicher, dass Juli das auch weiß. Trotzdem nickt er jetzt langsam und seine Gesichtszüge entspannen sich ein wenig. Dann wird sein Gesichtsausdruck wieder ernster.

»Aber er ist ein Mongo.«

»Sag das nicht immer! Das sagt schon längst kein Mensch mehr.«

»Aber wenn es doch stimmt.«

»Keep calm! It's only an extra Chromosome. Steht doch auf seinem Sweatshirt. Also Ruhe bewahren.«

»Ich weiß, was auf seinem Sweatshirt steht«, blafft Juli zurück. »Und wenn er noch in die Hose macht? Oder gewickelt werden muss? Wenn er nicht alleine essen kann? Oder ...«

Ich ziehe nur die Augenbraue hoch und gucke Juli an. Und fühle mich plötzlich ziemlich gut dabei. Hey, ich bin Lore. Lore, die vor nichts Angst hat, auch nicht vor 'nem Extra-Chromosom, und die für alles eine Lösung weiß.

»Gib dir ein bisschen Mühe«, flüstere ich Juli noch schnell zu, bevor wir wieder beim Bus ankommen.

Juli schneidet eine Grimasse. Dann nickt er.

»Hey, Rie ... äh ... Vincent. Zeigst du uns jetzt die Tankstelle?«

Vincent nickt eifrig mit dem Kopf und reckt einen Daumen in die Höhe.

»Wird gemacht, Leuchtkäfer!«, schreit er und dann strahlt er mich an. Ich kann es mir nicht verkneifen, ihm zuzuzwinkern.

Wir fahren zurück auf die Straße und gleich bei der nächsten Ausfahrt wieder runter. So ganz können wir ja noch nicht glauben, dass Vincent tatsächlich weiß, wo man tanken kann. Aber weil es langsam wirklich verdammt knapp wird mit dem Benzin, trauen wir uns auch nicht, an der Ausfahrt einfach vorbeizufahren.

Und dann sehe ich sie. Zwei einsame verlassene Zapfsäulen mitten in der Pampa. Sie stehen unter einem Dach, das nicht so aussieht, als könnte es einen richtigen Regen noch abhalten, das Dach wird von zwei Betonpfeilern getragen und an einem hängt ein Automat, auf den zeigt Vincent jetzt und sagt: »Da musst du bezahlen.«

Seine Stimme ist ein bisschen verwaschen, alles, was er von sich gibt, klingt ein klein wenig nuschelig, also sagt er mehr »da muscht du betschalen«, aber Juli ist schon draußen und studiert den Automaten mit einem Bündel Geldscheine in der Hand.

»Kapierst du, wie das geht?« Juli beugt sich durch das offene Fenster zu mir ins Innere.

»Keine Ahnung!« Ich zucke mit den Schultern. »Musst du mal Vincent fragen, der weiß das vielleicht.«

Vincent nickt und strahlt über das ganze Gesicht.

»Klar weiß ich das!«

Dann klettert er umständlich aus dem Bus, geht mit breiten Cowboyschritten zu dem Automaten, nimmt Juli die Geldscheine aus der Hand, gib mal her, stopft irgendwo was rein, drückt irgendwo drauf rum, drückt nochmal, dann tritt er gegen die Betonsäule.

Nervös guckt Juli ihm dabei zu.

»Stimmt was nicht?«

»Alles klaro!« Vincent hebt wieder den Daumen hoch und zeigt auf eine der Zapfsäulen. »Kannst tanken.«

Dann stopft er Juli das restliche Geld wieder in die Hand und klettert zufrieden zurück in den Bus.

Juli muss noch ein paar Meter vor- und zurückruckeln, bis er den Bus endlich so neben der Zapfsäule stehen hat, dass er den Schlauch auch in die Tanköffnung kriegt. Aber dann funktioniert es, und auch wenn es so aussieht, als habe hier seit dem Ende des Zweiten Weltkrieges kein Mensch mehr getankt, brummelt die Zapfsäule los und wir hören das Benzin in den Tank gluckern.

Ich strahle erst Vincent an, dann Juli, dann halte ich Vincent die Hand hin, high five, und Vincent klatscht ab, beugt sich über die Rückenlehne und schreit aus der Fahrertür zu Juli: »Haste nicht gewusst, dass ich tanken kann, gell? Haste nicht gewusst, Leuchtkäfer!«

# 12

Seitdem der Bus wieder vollgetankt ist, hat sich Julis Laune deutlich verbessert.

Er erklärt Vincent sogar, wie er mit Hilfe seiner Armbanduhr herausfinden kann, in welche Richtung wir fahren müssen, und Vincent hängt total gebannt an seinen Lippen und saugt jedes Wort gierig auf.

Dann sagt Vincent, dass er jetzt auch mal vorne sitzen will und weil ja vorne eigentlich drei Sitzplätze sind, sagt Juli, dann komm halt vor, und Vincent wuchtet seinen riesigen Körper über die Lehne nach vorne und quetscht sich zwischen uns.

»Ich fass auch nix an!«, verspricht er und drückt probehalber doch noch schnell auf den Knopf vom Radio. Nur Rauschen. Immer noch kein Empfang.

»Wenn du mal musst, dann sag einfach Bescheid, ja?«

»Wird gemacht, Leuchtkäfer.«

Ich lehne meinen Kopf wieder an die Scheibe und schau aus dem Fenster, damit Juli nicht sieht, wie sehr ich grinsen muss bei diesem Namen. Leuchtkäfer. Passt richtig gut zu dem Jungen mit den roten und grünen Haaren, finde ich.

»Haben deine Eltern dir eigentlich nie erklärt, dass du nicht zu fremden Leuten ins Auto steigen darfst?«, will Juli wissen.

»Doch.« Vincent nickt.

»Und wieso tust du es dann trotzdem?«

»Du bist doch nicht fremd. Und Lore auch nicht.« Er strahlt uns an und dann tätschelt er Julis Knie.

Juli schiebt Vincents Hand von seinem Knie runter und guckt so hilfesuchend zu mir rüber, dass ich lachen muss und plötzlich blubbern das Lachen und die Fröhlichkeit durch mich durch wie die Blubberblasen im Mineralwasser und für einen Moment wünsche ich mir, dass es immer so bleibt, wie es jetzt gerade ist.

»Bei meinen Eltern darf ich nie vorne sitzen«, erklärt Vincent dann. »Nicht mal zum Spaß!«

»Warum denn nicht?«, will Juli wissen. »Du bist doch schon sechzehn. Mit sechzehn darf man das doch schon lange.«

Vincent zuckt mit den Achseln. »Ich nicht.«

»So was Blödes«, sagt Juli und dann sagt er eine ganze Weile lang nichts mehr, weil er nicht weiß, was er sagen soll, was er reden soll mit einem, der ein Extra-Chromosom hat, und von dem er bisher dachte, dass man mit so einem gar nicht richtig reden kann oder vielleicht nur in Babysprache, und von dem er jetzt gerade lernt, dass das Riesenbaby eigentlich gar kein Baby mehr ist.

»Wo fahren wir hin?«, will Vincent wissen und ich denke daran, wie ich das gestern auch gefragt habe, und dass das tatsächlich erst gestern war, und dass es sich anfühlt, als läge zwischen meiner Frage gestern und Vincents Frage gerade eben mehr als ein ganzes Leben, so viel ist passiert zwischen gestern und heute, und dann sagt Juli »Nordkap« und Vincent sagt »Cool, das kenn ich« und Juli sagt »Nein, das glaub ich nicht, kennst du ganz sicher nicht« und Vincent sagt »Doch« und dann erzählt er von einer Doku über das Nordkap, die er bei YouTube gesehen hat und Juli wird immer stiller, weil er nicht glauben kann, dass einer wie Vincent sogar YouTube kennt.

Ich muss ein bisschen grinsen, denn ich habe eine in meiner Klasse, die ist so wie Vincent und die kennt nicht nur YouTube, sondern kann sogar Bruchrechnen und Prozente und in Englisch ist die sogar besser als ich. Und sie ist die Einzige in meiner Klasse, die nicht Fettarsch zu mir sagt.

Und dann sagt Vincent, dass er Durst hat. Juli hält an, ich flitz nach hinten und hole Wasser und Äpfel, davon haben wir auch noch genug, auch die Brote sind noch essbar, liegen ja in der Kühlbox.

Eine ganze Weile sagen wir alle drei nichts, reichen uns nur die Wasserflasche immer hin und her, jeder isst einen Apfel, Vincent isst ihn mit Kerngehäuse und Stiel, bis überhaupt nichts mehr übrig ist.

Juli knibbelt mit den Zähnen wieder auf seiner Unterlippe rum, Vincent macht die Augen zu und summt leise vor sich hin und ich finde es gerade einfach nur schön, hier zu sein. Ich denke an zu Hause, an Mama und Papa in Japan, an den Friedhof, an meine Oma, an den Park neben dem Krankenhaus, an meine Schule und an Matze aus meiner Klasse und meinen Sportlehrer, wie der immer mitleidig guckt und nichts davon ist gerade wichtig, alles ist ganz weit weg und verschwommen.

Vincent ist eingeschlafen, sein Kopf liegt fast auf meiner Schulter, sein Mund steht offen, seine Zunge guckt wieder ein Stückchen raus, seine Augenlider wirken so schwer, aber sein Gesicht lächelt im Schlaf, und er schnarcht leise. So könnte ich ewig weiterfahren, denke ich, und lege die Füße nach vorne auf die Ablage.

»Das dauert alles zu lange hier«, sagt Juli da und ich gucke an Vincent vorbei zu ihm, möchte plötzlich gerne wieder neben Juli sitzen und mit ihm Ja-Nein-Fragen spielen oder irgendwas anderes, um ihn abzulenken von seiner Müdigkeit.

»Wir müssen mal anhalten und auf die Karte gucken.«

Juli bremst runter, hält an, greift unter sich, zerrt die Sporttasche raus und dann die Landkarte.

Eine Weile kämpft er mit der Karte auf seinem Platz, er weiß nicht, wie er sie ausbreiten soll, das Lenkrad ist im Weg, der schlafende Vincent auch.

»Scheiße, so geht das nicht«, sagt Juli und steigt aus dem Bus.

Dann breitet er die Karte mitten auf dem Weg aus, guckt hoch, sieht die Kreuzung vor uns, guckt nach links, sieht die Hauptstraße durch die Bäume schimmern, wir fahren genau parallel, kann also so verkehrt nicht sein. Dann guckt er wieder auf die Karte und stöhnt.

Er zeigt mit dem Finger wieder auf die rote Edding-Linie, die Idealstrecke, die sein Opa noch eingezeichnet hat. »Und das hier«, sein Finger bewegt sich im Zickzack irgendwo neben der Linie über die Karte, »das hier ist die Strecke, die wir gefahren sind. So kommen wir nie an.«

»Vielleicht sollten wir doch ein Stück auf der Hauptstraße fahren und dann auf die E4«, schlage ich vor.

Aber Juli tippt sich an die Stirn und zählt mindestens zehn Gründe auf, warum das auf gar keinen Fall geht, dann guckt er nochmal auf die Karte, wieder auf die Kreuzung und zeigt nach rechts. »Da biegen wir jetzt ab.«

Zehn Minuten später gibt es erst einen heftigen Ruck, so heftig, dass Vincents Kopf und mein Kopf aneinander krachen und Vincent verwirrt hochschreckt, dann ein komisches Geräusch und dann heult der Motor auf.

»Scheiße!« Juli haut mit den Händen aufs Lenkrad. Ich schrecke hoch, merke erst jetzt, dass ich gerade ein bisschen weggedusselt war.

»Was'n los?«

Juli antwortet nicht. Gibt nochmal Gas. Der Motor heult wieder, ein Rad dreht durch. Wir stecken fest.

»Wie konnte das denn ...?«, will ich fragen, aber als ich in Julis Gesicht gucke, beiße ich mir auf die Zunge und sage lieber nix mehr. Ich schiebe Vincent ein Stück zur Seite, lass mich mal raus, nachgucken, öffne die Beifahrertür und klettere aus dem Bus. Sofort merke ich, dass der Boden unter meinen Füßen – warum bin ich eigentlich immer noch barfuß? – ganz feucht und kühl und weich ist. Schlammiger Matschboden und darin hat sich jetzt der Bus festgefahren.

Juli ist auch ausgestiegen, um sich den Schaden anzugucken, ich sehe, dass wir gar nicht mehr richtig auf dem Weg sind, sondern ein Stück neben dem Weg, vielleicht ist der Boden deshalb so weich, vielleicht liegt es daran, dass da weiter hinten ein Tümpel ist und das Wasser den Waldboden aufgeweicht hat. Ist Juli beim Fahren eingeschlafen?

»Warum bist du denn vom Weg runtergefahren?« Jetzt frage ich es doch, obwohl ich weiß, dass Juli diese Frage nicht hören will.

Er zeigt nur stumm hinter uns auf den Weg. Ein Baumstamm liegt quer und hat uns die Durchfahrt versperrt. Wir haben geschlafen, Vincent und ich, und Juli wollte nur schnell ein Stück um den Baum herumfahren, da ist es passiert. Der Untergrund war zu nass, der Bus zu schwer und jetzt stecken wir fest.

Vincent ist inzwischen auch aus dem Bus gestiegen und ich bete, dass er die Klappe hält, weil ich Angst habe, dass Juli sonst völlig die Nerven verliert.

Juli geht jetzt zum dritten Mal um den Bus rum und guckt sich die Sache an. Der linke Vorderreifen steckt im Schlamm, auch beim vierten Mal drum herum gehen wird er da noch stecken, denke ich, hoffentlich fällt dem bald was ein. Ich hab nämlich blöderweise keine Ahnung davon, wie man einen festgefahrenen VW-Bus wieder aus dem Schlamm rauskriegt.

»Hol mal die Fußmatten«, sagt Juli da. Was will er denn jetzt mit den Fußmatten? Aber weil er das so mit Bestimmtheit sagt, frage ich nicht, sondern klettere wieder in den Bus und zerre erst die Fußmatte von dem Beifahrersitz, dann die von dem Fahrersitz raus und bringe sie zu ihm.

Juli kniet unter dem Bus und schiebt die Fußmatten in den Schlamm, drückt sie unter den Reifen, der nur halb rausguckt, sagt mir, ich soll mal kommen und da genau so festhalten, wie er das gerade macht.

Dann schickt er Vincent hinter den Bus.

»Schieb mal ordentlich an, hörst du?«

Vincent strahlt, krempelt die Ärmel hoch, für ihn ist das alles ein spannendes Abenteuer hier, er sieht nicht, was ich sehe, nämlich das Juli bald keine Kraft und Nerven mehr hat für Abenteuer.

Ich knie mich da hin, wo Juli eben noch gekniet hat, halte die Fußmatte fest und hoffe, dass der Trick funktioniert. Juli klettert zurück in den Bus und gibt vorsichtig Gas. Der Motor heult auf, ich höre Vincent keuchen und stöhnen, ich rufe »Stopp!«, weil der Reifen durchdreht und mich von oben bis unten mit Schlamm bespritzt. Der Bus bewegt sich keinen Millimeter.

Ich springe auf und fluche, reiße mir die Brille vom Gesicht und spucke den Schnodder aus, der mir in den offenen Mund geflogen ist. Juli gibt nicht auf, er legt die Fußmatten wieder zurecht, holt noch Äste aus dem Wald, legt sie auch unter den Reifen, erklärt uns wieder, wo wir schieben und wo wir festhalten sollen. Das machen wir noch drei- oder viermal, dann geben wir auf.

Juli versetzt dem Reifen einen Tritt, dann dreht er sich von uns weg. Ich hab die Tränen in seinen Augen gesehen und weiß, dass er genau das nicht will.

»Vielleicht klappt es morgen besser«, taste ich mich vorsichtig vor. Ein Blick auf die Uhr hat mir gezeigt, dass es schon ziemlich spät am Tag ist, eigentlich schon Abend, außerdem sind wir alle drei todmüde und erschöpft.

Morgen ist ein neuer Tag, sagt meine Oma immer, aber das sage ich jetzt lieber nicht, außerdem gibt es Tage, da nützt es gar nichts, dass am nächsten Tag ein neuer Tag ist, weil der auch nichts an dem ändern kann, was schon passiert ist und auch der nächste und der übernächste Tag kann das nicht. Im Gegenteil, manchmal schläft man ein mit dem Gedanken, morgen ist ein neuer Tag, und dann wird man wach und denkt, gut, ein neuer Tag und das andere, das war nur geträumt, bis man merkt, dass der ganze Albtraum gar kein Albtraum war sondern bittere Realität, die dich am neuen Tag dann mit aller Wucht wieder einholt.

Ich denke an Julis Opa und daran, dass der in allen neuen Tagen, die Juli noch erleben wird, trotzdem nicht wieder zurückkommt.

Deshalb sage ich das jetzt auch nicht, aber ich schlage trotzdem vor, dass wir erstmal hier bleiben, uns überlegen sollten, wie wir schlafen wollen und dass bis morgen der Boden vielleicht ein bisschen trockener ist. Ich erinnere

Juli an das Gewitter gestern, und vielleicht war es hier besonders heftig und in einer langen Nacht kann das alles viel besser trocknen. Lass uns doch einfach hier bleiben. Weil Juli auch keine bessere Idee hat, ist er einverstanden. Wir suchen im Kofferraum noch nach ein paar großen Handtüchern zum Zudecken, einem Rucksack, den Vincent als Kopfkissen benutzen kann und dann beschließen wir, dass ich ganz hinten schlafen soll, Juli auf der Bank ganz vorne und Vincent rollt sich in der Mitte zusammen.

Ich mache die Augen zu, versuch zu schlafen, aber dann setz ich mich wieder hin, weil ich noch viel zu zappelig bin, um auf der engen Bank stillzuliegen.

Von irgendwo weit vorne höre ich Julis Stimme:

»He, Lore, schläfst du?«

Er flüstert, will Vincent nicht wecken. Der schläft bestimmt schon.

»Ne«, flüstere ich zurück. »Aber schlaf du mal. Du musst doch total müde sein.«

»Ich kann auch nicht schlafen.« Ein total verstrubbelter Vincent guckt über die Rückenlehne zu mir nach hinten. »Kann ich zu dir kommen?«

Ich nicke, rutsch zur Seite und mache ihm Platz. Vincent klettert über die Lehne nach hinten, schiebt sich neben mich und ich breite meine Wolldecke über uns beide aus.

»Komm doch auch nach hinten!«, ruft Vincent zu Juli. »Lore hat eine Decke, da können wir kuscheln.«

Ich stelle mir vor, wie Juli vorne auf seiner Bank die Augen verdreht, sehen kann ich es nicht, aber trotzdem muss ich leise kichern. Dann tauchen auch Julis Irokesenhaare plötzlich hinter der Rückenlehne auf und er sagt, das sei mal eine wirklich gute Idee und klettert über alle Bänke zu uns nach hinten. Dann sitzen wir da nebeneinander unter einer Decke, Vincent links von mir, Juli rechts, ich zieh die Beine an, Juli sagt: »'Ne Flasche Wein wäre jetzt nicht schlecht.« Vincent prustet hinter vorgehaltener Hand, als hätte Juli was ganz, ganz Schlimmes gesagt und ich versuche mir vorzustellen, wie ich Wein trinken würde, ich habe noch nie richtig Alkohol getrunken, nur an Silvester mal an einem halben Glas Sekt genippt.

Und dann sagt Vincent: »Bei uns im Heim haben sie mal einen erwischt, der hatte eine Flasche Bier in seinem Schrank. Das gab mächtig Ärger.«

»Heim?«, sagen Juli und ich gleichzeitig.

»Du lebst in einem Heim?«, frage ich nochmal nach. »Aber du bist doch zusammen mit deinen Eltern in Schweden.«

Er zuckt mit den Schultern.

»Ist halt so.«

Ich gucke ihn an, aber seinen Gesichtsausdruck kann ich nicht deuten.

»Aber warum ein Heim?« Jetzt mischt sich Juli ein.

»Wegen der Arbeit«, erklärt Vincent ihm in einem Ton, als ob Juli ein bisschen dumm sei.

Ich kapiere es aber auch immer noch nicht. Welche Arbeit?

Juli hat es offenbar schneller verstanden.

»Du lebst in einem Heim, damit deine Eltern nicht so

viel Arbeit haben, aber sie machen Urlaub mit dir hier in Schweden?«

Vincent nickt.

»Und nach dem Urlaub?« Eigentlich kenne ich die Antwort schon, aber ich frage trotzdem.

»Bringen sie mich zurück.«

»Aber du machst doch gar keine Arbeit«, sagt Juli da. »Okay, du hast das Down-Syndrom, aber …«

»Ich heiße Vincent und ich bin sechzehn Jahre alt«, sagt Vincent in diesem Moment. Ich muss schlucken und auch Juli sagt gar nichts mehr.

# 13

»Wach auf, Lore, ich muss mal!«

Jemand rüttelt mich an der Schulter. Nur noch ein bisschen schlafen, hörst du, ich bin noch so müde, lass mich nur noch ein klitzekleines bisschen schlafen. Und überhaupt, wer ist diese Lore? Nicht aufwecken. Ich träum doch grad so schön.

Aber das Rütteln hört nicht auf und deshalb schlage ich die Augen auf und gucke, wer da was von mir will mitten in der Nacht.

Juli.

Schüttelt mich.

Hat meine Schulter angefasst und schüttelt mich wach. Ich blinzele kurz. Ist gar nicht mehr mitten in der Nacht, ist schon taghell. Juli schüttelt weiter.

»Aufwachen, Lore, mach doch mal.«

Mein Kopf liegt auf seinem Schoß. Schön kuschelig, denke ich und will am liebsten auf der Stelle weiter schlafen. Dann bin ich mit einem Ruck wach.

Auf.

Julis.

Schoß.

Als ich mich aufsetzen will, geht das gar nicht, weil da auch auf mir etwas liegt, warm und schwer, weil mich was daran hindert, mich auch nur einen winzigen Millimeter zu bewegen. Vincents Kopf liegt irgendwo auf meinen Oberschenkeln, auf meinen angezogenen Beinen, mein Hintern hängt wieder über den Rand, die Bank war ja schon für mich alleine zu eng, für drei ist sie nicht nur zu eng, sondern viel, viel zu klein, aber Vincent liegt einfach halb auf mir drauf und einen Arm hat er um mich geschlungen wie um einen Teddybären. Ich stöhne und will am liebsten die Augen wieder zumachen, bewegen kann ich mich ja sowieso nicht, aber ich denke wieder daran, wo mein Kopf gerade liegt und dass Juli das vermutlich gar nicht lustig findet, als Kopfkissen für mich herhalten zu müssen.

Und dann sickert langsam in mein Bewusstsein, dass Juli gesagt hat, dass er mal muss.

Und weil mal müssen irgendwie genauso ansteckend ist wie gähnen, muss ich plötzlich auch mal und jetzt kommt Bewegung in die Sache, jetzt bin ich ganz wach.

Es dauert eine Weile, bis es mir gelingt, Vincent so weit von mir runterzuschieben, dass ich mich aufsetzen, dass ich Juli freigeben kann und der ist ganz steif von der langen Nacht, klettert mühsam nach vorne, zerrt die Schiebetür auf und die warme Luft, die von draußen ins Innere strömt, nimmt mir den Atem. Wir stehen mit dem Bus mitten in einer Sauna. In einer Dampfsauna. Rings um uns herum dampft der Waldboden unter der Sonne, die schon hoch am Himmel steht.

»Wie lange habe ich geschlafen?«

»Keine Ahnung. Lange.«

Ich klettere hinter Juli her ins Freie, gucke mich kurz um und finde dann eine Stelle, die geht. Da kann ich pinkeln, da sieht mich keiner, ich also hinter den Baum, Hose runter, hinhocken, heute ziehe ich die blöde Jeans endlich ganz aus, beschließe ich, halte mich am Baum fest, damit ich nicht umkippe. Sofort sitzen vier oder fünf Mücken auf meinem Arm. Und da, wo keine Hose mehr ist, sitzen sie auch, ich beeile mich, springe auf, zerre die Jeans wieder hoch. In welchem Sumpf sind wir denn hier gelandet? Die Gegend sieht mehr nach tropischem Regenwald aus, als nach schwedischen Mischwäldern.

Als ich zurück zum Auto komme, sitzt Vincent schon unter der offenen Heckklappe im Kofferraum, schlenkert mit den Beinen und beißt gerade mit großem Appetit in eins unserer Lunchbrote.

»Schmecken die noch?«

Vincent kaut und strahlt und nickt und ein paar Brocken fallen aus seinem Mund, als er antwortet.

»Köschtlisch.«

Ich kann keine belegten Brote mehr sehen, wir müssten dringend mal was anderes einkaufen, überlege ich. Einkaufen, haha, kauf mal was ein, wenn du kein Geld dabei hast und die restlichen Kronen in Julis Hosentasche, die vergiss mal ganz schnell, die brauchen wir für Benzin.

Dann fällt mir wieder ein, was gestern Abend war, soviel dazu und von wegen morgen ist alles anders, gar nichts ist anders, der Bus steckt immer noch im Schlamm und auch die Sonne hat nichts daran geändert, dass hier am Boden alles nass ist.

»Wir müssen graben«, sagt Juli und kniet sich neben den Bus und fängt an, nur mit seinen Händen die nasse Erde rund um den Reifen wegzukratzen.

Ich nehme mir einen Joghurt, zieh den Alu-Deckel ab und trink direkt aus dem Becher. Die Löffel haben wir gar nicht gefunden, vermutlich liegen die noch im Camp auf dem Tisch, kurz denke ich an die anderen und was die jetzt wohl machen, dann gucke ich wieder zu Juli, der immer noch versucht, den Bus mit bloßen Händen auszugraben. Das wird doch nix, denke ich, und dann sage ich es laut:

»Das wird doch nix.«

Juli guckt hoch und da sehe ich, dass sein ganzes Gesicht verschmiert ist von Schlamm und Schweiß und vielleicht auch Tränen, wobei er das nie zugeben würde. Er wischt sich mit dem Arm übers Gesicht, dann buddelt er weiter.

Ich schmeiße den leeren Joghurtbecher irgendwo hinter Vincent in den Kofferraum, und dann merke ich, wie eine Welle von Mitleid mich überrollt. Das wird nix und ich weiß, dass Juli das auch weiß, er will es nur noch nicht wahrhaben. Wir kriegen den Bus hier nicht raus, morgen ist Mittsommernacht und Juli wird morgen nicht am Nordkap sein. So viel steht fest.

Ich gehe zu ihm rüber, knie mich neben ihn auf den Waldboden und berühre ihn vorsichtig an der Schulter.

»He, Juli«, sage ich leise.

Juli buddelt weiter.

Nochmal.

»He, Juli, das funktioniert nicht.«

Juli schlägt meine Hand weg, dann starrt er mich aus tränenverschmierten Augen an.

»Das muss aber funktionieren, hörst du! Das muss!«

Er springt auf, läuft ein Stück in den Sumpf hinein und kommt mit einem Arm voller Äste und totem Holz wieder zurück. Wirft die Äste unter das Auto, kniet sich wieder hin und stopft und buddelt und heult Rotz und Wasser dabei.

Ich knie immer noch neben ihm, es tut total weh, ihn so zu sehen, aber es hat doch keinen Sinn, das muss er doch auch merken. Der Bus steckt fest. Richtig endgültig fest. Ohne Traktor oder Abschleppunternehmen oder so kommen wir hier nicht mehr weg.

»Juli«, versuche ich es noch einmal. Juli antwortet nicht. Buddelt.

Antwortet immer noch nicht. Heult.

»Juli, hör auf, bitte, so geht das doch nicht.«

»Ach nein?« Juli springt auf. »So geht das nicht, ja? Nein, so geht das auch nicht. Ich sag dir, warum das so nicht geht. Willst du es hören? Willst du verdammt nochmal hören, warum das so nicht geht?!«

Schreit mich an.

Schreit den Bus an.

Schreit Vincent an, der unter der Heckklappe sitzt und uns fröhlich winkt.

»Das geht nicht, weil ich hier immer und die ganze Zeit alles alleine machen muss.

Alleine Auto fahren.

Alleine Landkarte lesen.

Alleine Geld besorgen.

Alleine tanken.«

Das stimmt nicht, denke ich, ohne Vincent hättest du nicht einen einzigen Milliliter getankt, aber ich halte die Klappe.

»Alleine die Karre aus dem Dreck ziehen. Weil ihr da sitzt auf euren fetten Ärschen und die ganze Zeit nur an Essen denkt, damit ihr noch fetter werdet, statt mir zu helfen, weil es euch nämlich scheißegal ist, ob wir zum Nordkap kommen oder nicht. Für euch ist das alles«, er macht eine ausholende Bewegung mit seinem Arm, »doch nur ein riesengroßer Abenteuerurlaub. Der Blödmann da hinten, dieses zurückgebliebene Riesenbaby«, Juli holt kurz Luft, ich will etwas sagen, will verhindern, dass er weiterredet, aber ich hab keine Chance, »der Blödmann dahinten gehört in ein Heim, sagt er doch selbst, und du«, jetzt heult Juli richtig, »du warst auch nur in dem beknackten Bus, weil du zu fett bist, um ein Bergwerk zu besichtigen, weil du nix auf die Reihe kriegst außer ein paar dämlichen Ja-Nein-Fragen. Kinderkacke. Mann. Wie alt bist du überhaupt. Dreizehn oder was?«

Juli hört auf zu schreien.

Juli ist ganz und gar leer geschrien.

Ich starre ihn an.

Meine Wangen brennen.

Heiß und glühend brennt mein Gesicht, so als hätte er es nicht nur mit Worten, sondern richtig geschlagen.

Mach's gut, Lore, denke ich. Mach's gut. War schön mit dir. Aber jetzt ist Madeleine wieder zurück und Madeleine ist unsichtbar, das ist auch besser so. Madeleine hätte der niemals so angebrüllt wie er Lore eben angebrüllt hat.

Aus den Augenwinkeln sehe ich, dass Vincent aus dem Kofferraum geklettert ist. Jetzt sieht er wirklich aus wie ein Riesenbaby, denke ich. Seine Arme hängen schlaff an seinem Oberkörper herunter. Sein Bauch schwabbelt über den Hosenbund, sein T-Shirt ist verrutscht und außerdem von oben bis unten mit Joghurt und irgendwas anderem bekleckert. Sein Mund steht wieder leicht offen, und sein Kopf wirkt viel zu klein auf dem breiten, stämmigen Hals. Vincent sagt kein Wort, er guckt nur mit seinen schrägen Augen zu uns rüber, dann beugt er sich mit dem Oberkörper in den Kofferraum, wühlt irgendwas drin rum, kramt und schiebt, ich hör ihn stöhnen, und als er sich wieder aufrichtet, hat er einen Rucksack im Arm, den er sich umständlich aufsetzt und zurecht zurrt.

Dann dreht er sich um und geht.

Ich weißt gar nicht, wie lange ich da stehe und ihm nachsehe, bis ich endlich kapiere, was da gerade passiert.

Vincent hat einen Rucksack gepackt und marschiert einfach los.

»He, Vincent, warte!«

Ich gucke rüber zu Juli, der mich immer noch mit geballten Fäusten anstarrt, dann wieder zu Vincent, der schon ein ganzes Stück weit gegangen ist, aber jetzt stehen bleibt.

»Vincent hat recht«, sage ich. »Wir müssen zu Fuß weiter. Wir kriegen den Bus hier nicht raus.«

»Ich muss zum Nordkap«, sagt Juli mit tränenerstickter Stimme. »Ich muss zum Nordkap. Ich hab's doch versprochen.«

»Du kannst ja auch zum Nordkap«, versuche ich ihn zu trösten. »Dauert nur vielleicht ein kleines bisschen länger.«

Warum tröste ich den überhaupt? Hat der doch gar nicht verdient. Der ist doch kein bisschen besser als die anderen. Warum tut mir einer, der Leute mit Down-Syndrom beschimpft und mich fett nennt, überhaupt leid? Hat er doch echt nicht verdient, so viel Mitleid. Und sein Opa hätte bestimmt auch nicht gewollt, dass er mich so anschreit.

»Aber morgen ist doch Mittsommernacht.« Juli ist jetzt gar nicht mehr der laute wütende tobende Juli. Juli ist jetzt ganz klein und leise. So leise, dass ich ihn kaum verstehen kann. »Und morgen hat doch mein Opa Geburtstag.«

Ich steh da und gucke zwischen Vincent und Juli hin und her.

Vincent, der jetzt auch stehengeblieben und ein paar winzige Schritte zurückgekommen ist.

Juli, der die Fäuste immer noch geballt hat, damit er sich notfalls weiter wehren kann gegen all das Unverständnis in seiner Welt.

So stehe ich zwischen den beiden und weiß nicht, in welche Richtung ich gehen soll, aber in eine Richtung muss man doch gehen, einfach nur stehen, ändert doch nichts. Julis Opa hat morgen Geburtstag. Julis Opa ist tot. Julis Opa wollte seinen Geburtstag am Nordkap feiern und jetzt will Juli das für ihn machen. Vielleicht glaubt er, dass sein Opa sich das so gewünscht hat, vielleicht glaubt er auch nur, dass er seinem Opa am Nordkap ganz nah sein kann, näher als auf einem Friedhof oder in einem leeren Zimmer. Sogar näher als in ihm drin.

Ich gehe zur Beifahrerseite, öffne die Tür und suche unter der Bank. Ich finde erst einen Schuh, dann eine Socke, dann auch noch die zweite Socke und den anderen Schuh. Ich setz mich auf den Boden vor dem Beifahrersitz und ziehe die Socken an. Meine Füße sind dreckig, aber wen interessiert das hier. Meine Ferse sieht wieder gut aus, Socken drüber und dann vorsichtig in die Schuhe rein. Geht. Tut gar nicht mehr weh. Dann hole ich noch meinen Rucksack aus dem Bus, rolle die Wolldecke zusammen und stopfe sie noch zu dem Badeanzug und dem Sommerkleid. Setze den Rucksack auf.

»Komm wir gehen«, sage ich zu Juli und nehme seine Hand. Aber Julis Hand will nicht genommen werden. Juli zieht die Hand wieder zurück.

»Ich geh nicht mit euch«, sagt Juli dann. »Kannst ja mit mir kommen.«

»Und was ist mit Vincent? Den können wir doch nicht einfach alleine gehen lassen.«

»Weißt du eigentlich, wie total egal mir dieses blöde Riesenbaby ist? Wegen dem hat doch der ganze Mist überhaupt erst angefangen.« Juli geht zum Bus, zerrt seine Sporttasche raus. Schlägt die Fahrertür zu. Geht um den Bus rum und schlägt die Beifahrertür zu. Rums. Die Schiebetür. Knall. Die Heckklappe. Dann drückt er den Knopf auf dem Autoschlüssel. Zentralverriegelt. Und läuft los. Wirft sich die Sporttasche über die Schulter und läuft los. Und zwar in exakt die entgegengesetzte Richtung. Und ich stehe zwischen den beiden. Gucke von Juli zu Vincent. Kannst ja mit mir kommen. Von Vincent zu Juli. Erwarte irgendwie, dass Vincent so vernünftig ist, wieder zurückzugehen und sich mir und Juli anzuschließen. Mir und Juli. Gilt das überhaupt noch? Aber Vincent dreht sich um und marschiert wieder in die Richtung, die er vorher eingeschlagen hatte. Läuft einfach los. Und Juli stur in die andere Richtung. Ohne zurückzugucken. Ohne auf mich zu warten.

Vincent hat ein Chromosom zu viel.

Vincent kann trotzdem total viel.

Aber Vincent kann nicht alles.

Deshalb renne ich jetzt Vincent hinterher, auch wenn es total weh tut. Tief in mir drin tut es weh, dass ich weiß, Juli geht in die andere Richtung und dreht sich nicht einmal mehr um.

Als ich bei Vincent ankomme, ist mein Kopf ganz rot und ich bin völlig außer Atem. Vincent wartet auf mich und strahlt mich an. Dann legt er beide Hände wie einen Trichter vor seinen Mund.

»Mach's gut, Leuchtkäfer!«, ruft er. Und ich schieb mir die Brille auf der Nase zurecht und guck schnell zur Seite, damit Vincent nicht sieht, was für eine Heulsuse ich bin.

# 14

»Warum wolltest du nicht mit Juli gehen?«, frage ich Vincent, der neben mir her stapft, als sei das hier nur ein ganz normaler Spaziergang und nicht die totale Katastrophe mitten in einem schwedischen Sumpfgebiet.

Vincent guckt mich so erstaunt an, als hätte ich ihn gefragt, warum wir nicht zum Mond fliegen.

»Der Leuchtkäfer geht in die falsche Richtung«, antwortet er dann.

»Woher willst du das wissen?«

»Er hat die Karte falschrum gehalten.«

»Und das hast du gesehen?«

Vincent hört sofort, dass ich ihm nicht glaube.

»Du hältst mich auch für zurückgeblieben.«

»Niemand hält dich für zurückgeblieben.«

»Doch. Der Leuchtkäfer tut das. Zurückgebliebenes Riesenbaby hat er gesagt.«

»Das hat er nicht so gemeint. Ganz bestimmt nicht.« In Wirklichkeit weiß ich gerade selbst nicht mehr, was Juli gemeint hat und was nicht. Mich hat er schließlich auch beschimpft. Aber egal, ob Vincent recht hat oder nicht, eins verstehe ich trotzdem nicht.

»Wenn du weißt, dass Juli die Karte falsch rum gehalten hat, warum hast du es ihm dann nicht gesagt?«

»Weil der nicht will, dass ich das weiß. Und du sollst das auch nicht wissen. Und weil er denkt, dass ich dumm bin. Der denkt, dass ich keine Ahnung habe. Der hat auch gedacht, dass ich nicht tanken kann.«

Einen Moment lang gehen wir schweigend nebeneinander her. Ich kann sehen, wie es hinter Vincents Stirn arbeitet. Dann bleibt er stehen und guckt mich an.

»Was sind dämliche Ja-Nein-Fragen?«

Obwohl mir immer noch eher zum Heulen zumute ist, muss ich ein Lachen unterdrücken. »Das ist ein Spiel, das Juli und ich gespielt haben, damit Juli nicht einschläft beim Autofahren. Einfach nur ein Spiel.«

»Meine Lehrerin hat gesagt, es gibt keine dämlichen Fragen«, erklärt mir Vincent.

Ich nicke. »Deine Lehrerin hat recht. Gibt es ja auch nicht.«

»Spielst du das auch mal mit mir?«

Ich zucke mit den Schultern. Warum nicht. Ich erkläre Vincent das Spiel und frage ihn, ob er anfangen will.

»Klar. Ich fange an.« Er nickt begeistert. »Ich bin der Bestimmer!«

»Und?«

Vincent bleibt stehen.

»Und was?«

»Deine erste Frage. Du wolltest doch anfangen.«

»Ja. Ich fange ja auch gleich an. Warte doch mal. Ich muss mir doch erst eine Frage ausdenken.«

»Okay.«

»Nur ja und nein, richtig?«

»Nur Ja- und Nein-Fragen, korrekt!«

»Hm.«

Schweigen.

Fünf Minuten später denkt Vincent immer noch über seine Frage nach und ich denke darüber nach, wo wir jetzt eigentlich hinlaufen, und wie es weitergehen soll, und was Juli jetzt wohl macht, und dass ich Vincent irgendwie wieder zu seinen Eltern bringen muss. Auch wenn er das nicht will. Geht ja gar nicht anders. Ist ja schließlich kein entlaufenes Kätzchen, das man einfach so behalten und großziehen kann. Auf jeden Fall müssen wir zurück zur Straße. Zu irgendeiner richtigen Straße. Und dann vielleicht an der Straße entlang bis zu einem richtigen Ort. Oder einem anderen Campingplatz. Oder irgendwas, wo halt Leute sind. Bauernhof oder so. Und dann die Polizei anrufen, damit die Vincent zurückbringen und mich auch, zurück ins Camp und Juli suchen, der vermutlich irgendwo durch den Wald irrt und nicht wieder rausfindet, weil er die Karte falsch herum hält und das nicht zugeben will. Immer wenn ich Juli denke, also einfach nur den Namen – Juli –, dann kommt so ein Ziehen in meinen Bauch, ein richtig heftiges Ziehen, erst tief im Bauch, dann höher, irgendwo in der Brust und das tut so weh. Juli, Juli, Juli, denke ich bei jedem Schritt und dann Lore, Lore, Lore, Juli, Lore, ein Hut, ein Stock, ein Damenunterrock und Juli und Lore und am liebsten würde ich stehenbleiben oder noch besser umdrehen und in die andere Richtung rennen, in die falsche Richtung, aber Lore, die das vielleicht ausprobieren würde, ist nicht mehr da und ich bin viel zu fett zum Rennen.

»Ich hab eine!«, ruft Vincent plötzlich und ich zucke zusammen, weil ich ihn vor lauter Juli-und-Lore-Denken fast vergessen habe.

»Schieß los«, sage ich und warte.

»Schießen?«, fragt Vincent und guckt mich bestürzt an. Ich darf nicht jedes Mal vergessen, dass er immer alles so wörtlich nimmt.

»Vergiss das mit dem Schießen und stell mir deine erste Frage!«, versuche ich, ihn zu ermuntern.

Vincent nickt.

»Also ich frag jetzt«, sagt er und bleibt erst mal stehen.

»Okay«, sage ich und ziehe ihn weiter. »Fragen kann man auch beim Laufen.«

»Meine erste Frage!« Vincent hebt die rechte Hand und streckt seinen Zeigefinger in die Luft. »Warst du schon mal in einem richtigen Bergwerk?«

Ich muss ein bisschen schmunzeln. Dafür hat er jetzt so lange gebraucht? Er weiß doch, dass ich in einem Bergwerk war. Das hat er doch mitbekommen, oder?

»Ja«, sage ich. »Du darfst nochmal.«

Ich rechne fest damit, dass er jetzt wieder fünf Minuten braucht, um sich die nächste Frage auszudenken.

Vincent klatscht vor Begeisterung in die Hände.

»Hier kommt die zweite Frage!«, brüllt er dann so laut, dass ich neben ihm zusammenzucke. »Bist du in dem Bergwerk steckengeblieben?«

»Was? – Nein! Wie kommst du denn darauf?«

»Aber Juli hat doch gesagt, dass du zu fett warst für das Bergwerk und ... oh ...«, bestürzt hält er sich eine Hand vor den Mund. »Tut mir leid. Sorry, sorry, sorry. Ich wollte das nicht sagen.«

Irritiert sehe ich ihn an.

»Man darf das nicht sagen. Es ist unhöflich, einem Mädchen zu sagen, dass es fett ist, sagt meine Lehrerin. Auch wenn es stimmt«, setzt er noch hinzu und mustert mich von oben bis unten. Und ich weiß gerade nicht, ob ich weinen oder lachen soll.

»Nein, ich bin nicht steckengeblieben«, sage ich deshalb noch einmal mit Nachdruck. »Meine Antwort ist NEIN. Und jetzt bin ich dran.«

»Okay.« Vincent nickt.

»Macht es dir was aus, Down-Syndrom zu haben?«

Ich beiße mir auf die Lippen. Eigentlich wollte ich das gar nicht fragen. Ich hab die Frage schon die ganze Zeit im Kopf, ja, aber ich wollte sie nicht laut aussprechen. Mist. Mist. Mist. Vorsichtig gucke ich Vincent von der Seite an. Sehe, wie es wieder in ihm arbeitet. Bestimmt ist er jetzt total sauer.

»Nein«, sagt er da plötzlich. Ganz normal. Einfach nein. Erleichtert atme ich aus.

»Okay. Du bist dran.«

Er bleibt stehen und dreht sich zu mir um.

»Ha! Jetzt bist du überrascht, oder?«

»Äh .. nein .. naja, vielleicht ein bisschen«, gebe ich zu.

»Die Leute sind immer überrascht. Aber es macht mir wirklich nix aus«, erklärt er mir. »Mich stört nur das Aussehen von Down-Syndrom«, sagt er dann noch. Und dann sprudelt es ohne Pause aus ihm heraus: »Weil mich jeder anstarrt, sieht man nicht, was in mir ist. Wenn man mich anstarrt, sieht man nicht, dass ich super beim Rechnen bin und weiß, wie die Tankstelle funktioniert und dass ich Landkarten lesen kann. Die Leute starren mich an und denken, dass ich doof bin.« Er hat sich so in Rage geredet, dass er nach Luft schnappen muss.

»Ich denke nicht, dass du doof bist«, versuche ich, ihn zu beruhigen.

»Aber du denkst, dass ich anders bin, und dass es mir deswegen schlecht gehen muss.«

Vincent hat mich eiskalt erwischt. Weil ich nicht weiß, wie ich da wieder rauskommen soll, sage ich erst einmal gar nichts.

»Ich bin wieder dran«, sagt er dann. Und verfällt wieder in nachdenkliches Schweigen.

Ich habe keine Ahnung, wie es jetzt weitergehen soll. Wir müssen zurück auf die Straße, so viel steht fest. Und dann? Die Gedanken in meinem Kopf überschlagen sich.

»Ich hab Hunger«, sagt Vincent da.

Und ich merke, dass ich auch Hunger habe und frage mich, warum ich das erst jetzt merke, so ein kleiner Joghurt zum Frühstück macht ja nicht wirklich satt, aber dann war da der Streit und dann war da Juli, der in eine andere Richtung gerannt ist und ich hab total vergessen, was zum Essen einzupacken, nicht mal Wasser haben wir mitgenommen. Bestürzt gucke ich Vincent an. Was, wenn wir nie aus diesem Wald rausfinden? Was, wenn wir verhungern und verdursten und irgendwann findet vielleicht ein Waldarbeiter unsere Leichen und weiß gar nichts mit uns anzufangen, weil niemand uns vermisst hat. Wer sollte schon mich und einen Jungen mit Down-Syndrom vermissen?

Vincent nimmt meine Hand und zieht mich weiter.

»Los komm, wir müssen was zu essen kaufen!«

Ich lache kurz auf. Klar, kaufen wir was. Gehen wir zur nächsten Frittenbude und kaufen uns Pommes-Schranke und zwei Cola und am besten noch zwei Tafeln Schokolade, schwedische Schokolade, so wie die aus Ikea, vielleicht kriegt Vincent noch einen Lolli extra geschenkt, weil er so lieb aussieht und keiner weiß, dass er schon sechzehn ist.

»Ich kann nichts kaufen, ich habe kein Geld«, erkläre ich. »Und außerdem sind wir mitten im Wald. Wo – bitteschön – sollen wir denn hier was kaufen?«

Vincent runzelt die Stirn. »Warum sagst du bitteschön?«

»Einfach nur so.« Innerlich stöhne ich auf.

»Muss ich also jetzt nicht danke sagen?« Fragend sieht er mich an.

»Nein, musst du nicht.«

Kann der nicht mal für fünf Minuten die Klappe halten. Nur fünf Minuten, HerrGottnochmal, das kann doch nicht so schwer sein. Ich spüre, wie meine Beine langsam müde werden, der Fuß fängt auch wieder an zu pochen, die Blase an der Ferse wird zurückkommen, ich weiß es genau und dann sagt Vincent plötzlich: »Da hinten kommt ein Dorf, da können wir was einkaufen«, und ich würde am liebsten losheulen, weil der so einen Unsinn redet und einfach nicht kapiert, dass hier kein Dorf kommt und ich auch gar kein Geld dabeihabe.

Und dann macht unser Weg eine Biegung und gleich hinter der Kurve sehe ich die Straße durch die Bäume schimmern, also eine richtige Straße mit Asphalt und Leitplanke und gelben Strichen in der Mitte, und als wir noch ein Stückchen näher kommen, sehe ich auf der anderen Straßenseite hinter der Leitplanke mehrere Holzhäuser, rot, schwedenrot, mit weißen Rändern, über den Dächern wehen Fahnen, blau und gelb, Bilderbuchdorf, in der Mitte ein Kirchturm, auch aus Holz und auf einer Wiese Schafe und Gänse und Kühe, alles wild durcheinander und so hübsch wie eine Urlaubspostkarte. Wenn das Juli sehen könnte, denke ich, und dann muss ich die Tränen runterschlucken, weil das zwar hübsch ist da drüben auf der anderen Straßenseite, aber es ist eben auch das Ende. Das Ende von etwas, das doch gerade erst angefangen hatte.

»Kannst du alleine einkaufen gehen?«, fragt Vincent da. »Es ist besser, wenn du gehst. Wenn ich gehe, dann gucken alle wieder komisch und schicken mich zurück ins Heim und wir wollen doch nicht zurück, wir wollen doch zum Nordkap.«

Ich hole tief Luft, muss ihm jetzt irgendwie schonend beibringen, dass genau das passieren wird. Dass wir jetzt in diesen Ort gehen, dass wir dafür sorgen werden, dass sie Juli suchen und mich zum Camp zurückbringen und ihn zu seinen Eltern. Und dass ich sowieso nichts einkaufen könnte, weil ich gar kein Geld dabeihabe, aber dass die Leute uns bestimmt was zu trinken und zu essen geben, wenn wir ihnen erzählen, dass wir schon den halben Tag durch den Wald gelaufen sind.

Ich drehe mich zu Vincent um, um ihm all das zu erklären, da sehe ich erst die Hand, die er mir entgegenstreckt. Und zwischen seinen fest zusammengepressten Fingern leuchtet mir ein ganzes Bündel Geldscheine entgegen. Schwedische Kronen.

»Ich hab's nicht geklaut«, sagt er schnell, noch bevor ich etwas sagen kann. »Ich hab ihm nur nicht alles zurückgegeben. Und der Leuchtkäfer braucht im Wald ja auch gar kein Geld.«

# 15

Ich starre eine Weile auf die Geldscheine in Vincents Hand. Er hält sie so fest umklammert, als wolle er sie nie wieder loslassen.

»Komm, gib sie mir.« Behutsam versuche ich, seine Finger auseinanderzubiegen, aber Vincent hält das Geld noch fester, als jeder Schraubstock es könnte. Er starrt mich dabei grimmig an, wenn Blicke töten könnten, denke ich noch, wenn Blicke töten könnten. In meinem Kopf arbeitet es fieberhaft. Was soll ich jetzt machen? Was zur Hölle soll ich jetzt machen?

Klar. Ich kann uns mit dem Geld was zu essen kaufen. Und zu trinken auch. Ich konnte zwar noch nicht genau erkennen, wie viel es eigentlich ist, aber für zwei Brötchen, Obst und eine Tüte Milch oder so wird es schon reichen. Und dann? Dann muss ich zur Polizei gehen und mich stellen. Und ihnen alles erklären. Das mit Juli und mir und das mit Vincent. Damit sie ihn zurückbringen können. Zurück zu seinen Eltern.

Kurz versuche ich, mir Vincents Eltern vorzustellen. Was sind das für Eltern, die sich ihr Kind nur für einen Urlaub im Jahr ausleihen? Und es dann zurückbringen wie man ein ausgelesenes Buch in eine Bücherei zurückbringt. Nein, nicht wie ein Buch. Ein gelesenes Buch bleibt trotzdem im Herzen, auch wenn man es in der Bücherei wieder abgeben muss. Ob Vincent im Herzen seiner Eltern bleibt, wenn sie ihn zurück ins Heim bringen? Ich stelle mir vor, meine Eltern würden mich nach den Sommerferien nicht mehr haben wollen. Zu anstrengend. Zu laut. Zu dumm. Zu faul. Zu fett. Was sollen wir mit so einer?

Ich will nicht, dass es für Vincent so ist. Aber eine andere Lösung gibt es nicht. Wir müssen zurück in unser altes Leben – wir können ja nicht für immer in den schwedischen Wäldern umherstreifen.

Und das kann ich Vincent auf gar keinen Fall sagen. Wenn ich ihm das jetzt sage, dann dreht er vermutlich auf der Stelle um und rennt zurück in den Wald. Vincent will zum Nordkap, nicht ins Heim. So viel habe selbst ich in den letzten Stunden kapiert. Vielleicht kann ich seine Eltern ja überreden, ihn noch eine Woche zu uns ins Camp zu lassen oder so. Dann könnten wir wenigstens noch ein bisschen zusammenbleiben und vielleicht kommt Juli ja auch, wenn sie ihn erst mal gefunden haben. Und vielleicht können wir ja irgendwie Freunde bleiben und eines Tages, wer weiß, können wir vielleicht wirklich zusammen zum Nordkap fahren.

Das sind ganz schön viele »vielleicht«. Ich weiß das. Und ich bin mir ziemlich sicher, dass nichts davon funktionieren wird.
Ich gucke nochmal rüber zu der anderen Straßenseite und dann wieder zu Vincent, der immer noch die schwedischen Kronen fest in seiner geschlossenen Faust hält.

Wenn ich jetzt da rübergehe, ist unser Abenteuer zu Ende. Wenn ich jetzt da rübergehe, bin ich wieder Made für die anderen, und Lore gibt es nicht mehr.

Wenn ich jetzt da rübergehe, kommt Vincent zurück ins Heim und Juli niemals ans Nordkap. Zumindest nicht in diesem Sommer.

»Kannst du mir ein Überraschungs-Ei mitbringen?« Vincent stopft mir die Geldscheine in die Hand. »Die haben da doch Überraschungs-Eier, oder?«

Tränen schießen mir in die Augen. Ich weiß es nicht. Ein Überraschungs-Ei. Die Überraschung, die ich dir mitbringe, wird dich aus den Schuhen hauen, denke ich. Ich weiß nicht, ob es in Schweden Überraschungs-Eier gibt, ich weiß im Moment ja noch nicht mal, ob es da drüben überhaupt einen Laden gibt, in dem man einkaufen kann. Alles, das ich weiß, ist, dass morgen Mittsommernacht ist, dass morgen Julis Opa Geburtstag hätte und dass Juli diesen Geburtstag jetzt nicht am Nordkap verbringen wird. Aber wenn ich jetzt da rübergehe und Hilfe hole, dann wird Juli die Mittsommernacht vielleicht wenigstens nicht mutterseelenallein irgendwo im Wald verbringen, ohne Wolldecke und ohne Freunde. Ich atme tief durch, gucke Vincent an und mein Entschluss steht fest.

»Hör zu.« Ich flüstere, obwohl weit und breit niemand zu sehen ist und uns von der anderen Straßenseite aus garantiert kein Mensch hören kann. Aber Vincent weiß das nicht. Und Vincent weiß auch nicht, dass ich gerade dabei bin, seine Träume zu verraten.

»Hör zu«, sage ich deshalb nochmal. »Ich gehe jetzt da rüber. Ich versuche, dabei so normal wie möglich auszusehen. Ich gehe jetzt da rüber als ganz normales Mädchen, das zufällig durch diesen Ort kommt und sich fragt, ob es da genauso zufällig auch einen kleinen Laden gibt und das dann in diesen Laden geht und Schokolade kauft und Brötchen und Obst und Milch und ...«

»Überraschungs-Eier!«, ruft Vincent und ich nicke. »Ja. Und Überraschungs-Eier.«

Vincent klatscht vor Begeisterung in die Hände. Und ich fühle mich, wie eine elende Verräterin sich eben so fühlt. Erbärmlich.

»Aber du musst dich verstecken. Das ist ganz wichtig, hörst du? Niemand darf dich sehen.«

Vincent nickt eifrig. Die Sache fängt sichtlich an, ihm Spaß zu machen.

Das mit dem Verstecken ist eigentlich Unsinn, jeder darf uns sehen, wenn ich uns sowieso ausliefern will. Aber ich will es für Vincent so glaubwürdig wie möglich machen. Und ich will vor ihm nicht als diejenige dastehen, die ihn verraten hat. Deshalb muss für Vincent alles wie ein Zufall aussehen. Er versteckt sich, ich gehe einkaufen, zufällig werde ich erwischt und zufällig findet man Vincent und später auch Juli. Wenn es so läuft, dann kann ich den beiden später wenigstens noch in die Augen gucken.

»Also, wo versteckst du dich?«

Ratlos guckt Vincent sich um. Ist aber auch wirklich gemein, denn hier ist weit und breit nichts Richtiges zum Verstecken zu sehen. Ein paar Bäume. Ja. Aber ich hätte Vincent von ganzem Herzen ein Versteck gewünscht, in dem er sich in seinen letzten Minuten in Freiheit wenigstens ein bisschen geborgen fühlen kann. Außerdem will ich verhindern, dass er abhaut. Wenn er mich beobachtet und dann sieht, dass ich mit irgendwelchen Leuten spreche oder mit ihnen zurückkomme, dann wird er sicher nicht hier sitzenbleiben und uns zugucken, wie wir ihn holen. Dann kriegt er vermutlich Panik und läuft in den Wald hinein. Und ich will einfach nicht, dass Vincent Panik kriegt.

Dann habe ich eine Idee. Die Wolldecke. Ich zerre die Wolldecke aus meinem Rucksack und ziehe Vincent wieder ein Stückchen tiefer in den Wald hinein. Nur ein paar Meter. Hinter einer Weißdornhecke breite ich die Wolldecke aus.

Schiebe sie so weit wie möglich unter die Hecke.

»Hier kannst du dich verstecken«, flüstere ich. »Hier unter der Hecke kann dich von der Straße aus kein Mensch sehen. Krabbel einfach so weit wie möglich auf der Decke hier unter die Äste. Und dann bleib ganz still liegen. Okay?«

Ich knie auf dem Boden und klopfe mit der flachen Hand auf die Wolldecke, als ob ich einen jungen Hund dazu bringen wollte, sich hinzulegen. Vincent kriecht begeistert auf der Wolldecke so tief unter die Hecke, dass er sich ganz klein machen muss, um überhaupt noch Platz unter den Zweigen zu finden. Aber er strahlt dabei über das ganze Gesicht.

Ich stehe auf, bücke mich nochmal zu ihm runter, er liegt auf dem Bauch unter der Hecke, schielt durch die Zweige, aber die Straße kann er von hier aus nicht mehr sehen. Ich zeige ihm meinen gestreckten Daumen, alles okay, Kumpel, und komischerweise muss ich jetzt an Ole denken, der so gerne Elchkacke sammeln wollte und ich beschließe, gleich, wenn ich aus dem Dorf zurückkomme, werde ich Vincent von der Elchkacke in den Marmeladengläsern erzählen. Ich wette, das wird ihm gefallen. Jetzt winke ich ihm noch einmal zu, dann nochmal der gestreckte Daumen, Vincent streckt auch den Daumen, und ich drehe mich um und gehe auf die Straße zu. »Vergiss das Überraschungs-Ei nicht!«, ruft er mir hinterher und ich dreh mich nochmal zu ihm um, nicke so deutlich, dass er es sehen kann, und dann lege ich mir den Finger auf die Lippen, damit Vincent weiß, dass er jetzt leise sein muss. Mucksmäuschenstill hatten wir gesagt.

Es fühlt sich seltsam an, so aus dem Wald über die Straße zu gehen, über die Leitplanke zu klettern und dann an den Schafen und Kühen vorbei in ein richtiges Dorf zu kommen. Es waren doch nur zwei Tage. Zwei Tage ist es erst her, dass ich mit Juli und dem VW-Bus durch den Wald gefahren bin. Zwei Tage. Und gerade fühlt es sich an, wie ein halbes Leben. Ich habe keine Ahnung, wie ich gerade aussehe. Sauber sicher nicht. Die Haare ungekämmt, die Klamotten dreckig von dem Versuch, den Bus aus dem Schlamm auszubuddeln, die Arme zerstochen von den Mücken im Wald. Vermutlich werden die Dorfbewohner sowieso gleich die Polizei holen, wenn sie mich sehen.

Erst denke ich, hier gibt es nur Bauernhöfe, es gibt ein paar Häuser, dazwischen Kieswege, vor den Häusern grüner kurzgeschorener englischer Rasen, hinter den Häusern steht das Gras meterhoch, dann gehe ich ein Stückchen weiter in Richtung Kirche und sehe, dass es neben der Kirche einen kleinen Handarbeitsladen gibt und daneben einen Frisör, und dann sehe ich auch das Geschäft für Lebensmittel. Nicht besonders groß, aber durch die Schaufensterscheiben erkenne ich im Inneren doch ein paar Regale mit Konserven und allerlei anderen Dingen, einen großen Kühlschrank, eine Eistruhe, ich denke an Birte, die so gerne Eis essen wollte, vor wie vielen Leben war das? In einer Ecke Stapel von Getränkekästen. Ich betrete den Laden, als ob es das Selbstverständlichste auf der Welt wäre, dass hier, in einem schwedischen Dorf, in dem die Zeit stillzustehen scheint, mitten am Tag ein völlig verdrecktes Mädchen aus dem Wald auftaucht, das gerade mal einkaufen gehen will. Bevor ich uns alle verrate, will ich wenigstens das Überraschungs-Ei für Vincent finden. Soviel Zeit muss sein.

Ich schlendere durch den Laden, außer mir sind zurzeit keine Kunden da, nur die junge Frau, die an der Kasse sitzt, beobachtet argwöhnisch jeden meiner Schritte. Ich suche die Regale nach Süßigkeiten ab, irgendwo müssen diese blöden Überraschungs-Eier doch stehen. Ohne ein Überraschungs-Ei für Vincent gehe ich hier nicht wieder raus.

Und dann habe ich plötzlich diese komische Idee und schließe einen Pakt mit mir selbst. Ich werde jetzt Reihe für Reihe durch diesen Laden gehen und das Regal mit den Süßigkeiten und hoffentlich auch den Überraschungs-Eiern finden. Wenn ich sie gefunden habe, kaufe ich ein paar davon, um Vincent ein bisschen Trost mitzubringen. Und dann gehe ich zur Polizei oder bitte das Mädchen an der Kasse, für mich zur Polizei zu gehen und ihr alles zu erzählen.

Sollte ich aber keine Überraschungs-Eier finden, dann würden wir nicht aufgeben. Dann wäre das ein Zeichen und es sollte dann auch keine Polizei geben, ich würde Vincent nicht verraten und müsste selbst auch nicht zurück ins Camp, sondern wir würden zurück in den Wald gehen und Juli suchen und mit ihm zusammen zum Nordkap fahren. Wie wir das dann anstellen wollen, weiß ich noch nicht. Ich bin sowieso überzeugt davon, dass es hier Überraschungs-Eier gibt. Es gibt immer welche. Aber so sind die Spielregeln, die ich mir gerade ausgedacht habe. Ich weiß nicht, wozu ich überhaupt diese Spielregeln brauche. Vielleicht weil ich nicht die sein will, die eine Entscheidung trifft. Vielleicht, weil es leichter ist, wenn man das Schicksal entscheiden lässt. Wenn man sich später sagen kann, dass es ja so sein musste aus den und den Gründen und die Gründe sind so schwerwiegend, dass niemand sie infrage stellt. Und jetzt gehe ich endlich los, kaufe diese dämlichen Überraschungs-Eier und der Vorteil ist, dass ich dann auch endlich mal wieder richtig duschen kann. Und aus dieser dämlichen Jeans rauskomme.

Links neben dem Kühlschrank mit den Milchprodukten sehe ich noch Obst- und Gemüsekisten. Es gibt Äpfel und Birnen und Salatköpfe, Gurken und Kartoffeln. An den Konserven bin ich schon vorbei, im Kühlschrank finde ich auch keine Süßigkeiten und in der Ecke mit den Getränken gibt es nur salzige Knabbereien und Chips. Und kurz vor der Kasse steht noch ein Ständer mit einigen Tageszeitungen. Das war's. Keine Überraschungs-Eier. Im ganzen Laden gibt es kein einziges schokoladiges Überraschungs-Ei.

Ich straffe meinen Rücken, schließe noch schnell den Knopf an meiner Jeans, atme tief durch und gehe an dem Zeitungsständer vorbei auf das Mädchen an der Kasse zu. Ich werde es ihr jetzt sagen. Auch wenn ich keine Überraschungs-Eier gefunden habe. Bestimmt sind sie nur gerade aus oder ich habe sie übersehen oder sie hat noch eine Schachtel davon direkt an der Kasse stehen, meistens stehen diese Süßigkeiten doch direkt an der Kasse. Quengelware nennen sie das und Vincent wird auch quengeln, wenn ich ihm keine davon mitbringe. Und meine selbst ausgedachten Spielregeln waren ohnehin sowas von bescheuert, die gelten eigentlich gar nicht. Und außer mir weiß ja auch niemand davon.

Die Zeitungen in dem Ständer werben mit einer dicken fetten Schlagzeile um die Gunst ihrer Leserinnen und

Leser, so dick und fett und rot und leuchtend, dass mein Blick ganz automatisch auf die Schlagzeile fällt und vor allem auf das Foto unter der Schlagzeile.

Ein Foto, so groß wie zwei Drittel der ganzen Zeitung, nicht ganz scharf, vermutlich aus einem kleineren Foto stark raus vergrößert. Und darauf lacht mir ein Junge entgegen. Ein bisschen jünger, als er heute ist. Aber ganz unverkennbar ein Junge, der jetzt im Wald unter einer Weißdornhecke liegt und darauf wartet, dass ich ihm eine Überraschung mitbringe.

Mein Herz setzt für einen Schlag aus, als ich diese Bild sehe. Vincent. Es ist ganz eindeutig Vincent, der mir da von der Titelseite der hiesigen Zeitung entgegenlacht. Das Foto verschwimmt vor meinen Augen. Nur die Worte kidnappning, handikappad pojke und polis leuchten mir entgegen und brennen sich ein. Mit einem Ruck reiße ich eine der Zeitungen von dem Ständer, werfe dem Mädchen an der Kasse irgendeinen Schein hin, wird schon reichen, vermutlich ist es viel zu viel, stopfe die Zeitung unter mein Sweatshirt. Und dann nichts wie weg. Was interessieren mich Brötchen und Milch und Überraschungs-Eier, hier können wir nicht bleiben, das Einkaufen müssen wir auf später verschieben, und das Mädchen an der Kasse überlegt sich gerade, ob sie ihrem Chef eigentlich von dem großen Geldschein erzählen muss, mit dem diese Verrückte die Zeitung bezahlt hat, oder ob sie das Geld nicht lieber nehmen und davon mal wieder zu dem Friseur nebenan gehen sollte, weil sie da so lange nicht war und weil es doch toll wäre, wenn sie am Wochenende einmal mit einer ganz neuen Frisur in die Stadt fahren könnte. All diese Gedanken könnte man auf ihrer Stirn lesen, wenn man jetzt da stehen bleiben und sie betrachten würde, aber ich presse nur die Zeitung unter meinem Sweatshirt an mich und renne an ihr vorbei. Ich stolpere über die Wiese, die Kühe und Schafe stieben auseinander, springe über die Leitplanke, laufe über den Asphalt auf den Wald zu. Ich renne, als hätte ich tausend Verfolger im Nacken, dabei habe ich nicht eine Menschenseele gesehen in dem Dorf, hetze über die Straße, sprinte in den Wald.

»Vincent!«, rufe ich. Und dann noch einmal: »Vincent, los, wir müssen abhauen!«

Kein Laut.

Ich sprinte zu der Weißdornhecke.

»Vincent? Wo bist du denn? Komm raus, wir müssen weg hier! Die Polizei sucht schon nach dir.«

Nichts. Nichts als Stille.

Ich reiße die Zweige zur Seite, da liegt meine Wolldecke. Fein säuberlich ausgebreitet und so tief wie möglich unter die Hecke gezogen.

Und auf der Wolldecke liegt …

… niemand.

Es dauert einen Moment, bis diese Information bei mir ankommt.

Vincent.

Ist.

Weg.

# 16

Mein Herz schlägt bis zum Hals. Vincent ist weg. Er kann doch nicht weg sein. Ich habe ihn doch höchstens zehn Minuten alleine gelassen. Wieso ist der denn jetzt weg? Ich drehe mich im Kreis, suche den Wald in alle Richtungen mit den Augen ab, kauere mich selbst auf die Wolldecke und starre zurück zur Straße, zurück zu dem Dorf, um die Welt mit seinen Augen zu sehen, um seine Blickrichtung zu haben und seine Gedanken zu denken.

Hat er etwas gesehen, das ihm Angst gemacht hat?

Wovor ist er weggelaufen?

Oder ist er am Ende hinter mir hergelaufen?

Dieser Gedanke ist so plötzlich da, dass er mir die Luft abdrückt.

Vincent, der gestern die ganze Zeit hinter Juli hergedackelt ist, Vincent, der sich einfach zu uns ins Auto gesetzt hat, ich hätte ihn nicht alleine lassen dürfen hier unter der Hecke, er muss hinter mir hergelaufen sein, muss mitgekommen sein in das Dorf auf der anderen Straßenseite und jetzt läuft er da drüben vielleicht völlig aufgelöst durch die Gassen oder er steht sogar in dem kleinen Laden und sucht Überraschungs-Eier und mich und jemanden, der ihn nicht verrät, sondern zu ihm hält, obwohl er anders aussieht.

Ich muss zurück. Es hilft nichts. Ich kann ihn auf gar keinen Fall da drüben alleine lassen. Ich stehe auf, zerre die Wolldecke unter der Hecke hervor und lege sie wieder zusammen. Mein Rucksack liegt noch da, wo ich ihn vorhin versteckt habe, ich stopfe die Decke wieder rein, stecke die zusammengerollte Zeitung dazu und setze den Rucksack auf.

Ich denke an Juli, wenn nur Juli jetzt hier wäre, der wüsste vielleicht, was zu machen ist. Juli wusste immer eine Lösung, nur bei dem Bus im Schlamm, da wusste er nicht, wie er ihn da wieder rausbringen soll, aber trotzdem. Mit Juli wäre jetzt alles nicht halb so schlimm. Aber Juli ist weg und jetzt ist Vincent auch noch weg und was soll ich denen da drüben denn jetzt sagen, aber egal, ich muss ja jetzt ins Dorf gehen und ihnen was erzählen, ganz alleine will ich auf gar keinen Fall im Wald bleiben. Und zum Nordkap will ich so alleine auch nicht mehr.

Ich setze mich in Bewegung, Schritt für Schritt gehe ich auf die Straße zu, jeder Schritt so schwer wie ein halbes Leben, und gerade, als ich aus dem Wald heraus auf die Straße treten will, fasst mich jemand von hinten an, hält meinen Arm fest, will nicht, dass ich noch einen Schritt mache, sorgt dafür, dass ich stehen bleibe.

»Du gehst in die falsche Richtung. Wir müssen in die andere Richtung gehen. Da drüben ist ganz falsch.«

Ich fahre herum.

Hinter mir steht Vincent und strahlt mich an und zeigt in den Wald und dahin, wo irgendwo der Bus sein muss und Juli und sagt es noch einmal: »Da drüben ist ganz falsch. Der Leuchtkäfer wartet doch.«

Der. Leuchtkäfer. Wartet. Und Vincent ist gar nicht weg.

Es dauert einen Moment, aber dann begreife ich. Wir müssen zurück. Zurück zu Juli. Vincent hat recht.

Ich lache und weine und umarme ihn, alles gleichzeitig, weil mein Herz so schwer war und jetzt auf einmal ist es wieder leicht wie der Sommerwind und ich küsse ihn sogar und es kommt mir kein bisschen komisch vor oder falsch, ich küsse Vincent irgendwo neben Mund und Nase und sage ihm, dass er so so so recht hat, und dass wir jetzt sofort in die richtige Richtung laufen müssen, dahin wo Juli ist und dahin, wo der Bus steht.

Und dann werden meine Schritte wieder leichter, Vincent hopst neben mir her und bei jedem Hopser bebt der ganze Waldboden, aber das ist uns egal, der Wald wird es schon aushalten. Und dann bringe ich Vincent bei, mit mir im Gleichschritt zu gehen. Ich nehme ihn an der Hand und zusammen zählen wir:

Und eins – und zwei – und drei – und vier – und fünf – und sechs – und sieben – und acht – und neun – und zehn.

Ein Hut, ein Stock, ein Damenunterrock
und vorwärts, rückwärts, seitwärts, ran.

Und es macht überhaupt nichts, dass Vincents Beine sich bei vorwärts und rückwärts jedes Mal verheddern und es ist auch egal, dass sein Fuß dreimal gegen mein

Schienbein knallt. Es fühlt sich trotzdem alles besser an und leichter irgendwie, selbst meine kaputte Ferse lässt mich jetzt endlich in Ruhe und das Beste ist: Der Sommer ist noch da.

Hand in Hand laufen wir den ganzen langen Weg zurück in den Wald und nicht einmal denke ich darüber nach, dass wir uns verlaufen könnten oder dass wir vielleicht irgendwo falsch abgebogen sind, oder dass Juli sowieso schon lange nicht mehr da ist. Nicht ein einziges Mal habe ich solche Gedanken.

Bis Vincent plötzlich stehen bleibt und mit seinen dicken Fingern nach vorne zeigt, irgendwo durch die Bäume hindurch und etwas sagt, das klingt wie »der Busch«, aber eigentlich »der Bus« heißen soll. Denn der leuchtet da rot aus dem Wald heraus und erst jetzt auf einmal ist dieser Gedanke da, der mich stehenbleiben lässt und mir Angst macht vor dem nächsten Schritt: Was wenn Juli gar nicht zurückgekommen ist? Was, wenn ich mich nur habe anstecken lassen von Vincents Fröhlichkeit, und Juli überhaupt nicht auf uns wartet.

Dann sitzen wir wieder mitten im Wald und der Bus steckt immer noch im Schlamm und vielleicht ist das genau der Moment, in dem ich begreife, dass es immer irgendwie weitergeht, denn wenn das eine nicht ist, dann ist halt das andere, und wenn das andere nicht ist, dann ist halt das eine. Manchmal gibt es Überraschungs-Eier und manchmal sind die gerade ausverkauft, aber ob du danach irgendwo auf einer Polizeistation sitzt oder mitten im schwedischen Sommer stehst, das hat damit gar nichts

zu tun. Das hat nur damit zu tun, von welcher Perspektive aus du die Dinge betrachtest.
In dem Moment, in dem ich dieses komische Wort denke, Perspektive, höre ich Julis Stimme, erst in meinem Kopf, »das kommt auf die Perspektive an«, und dann, viel besser, ganz in echt.

»Leuchtkäfer!«, brüllt Vincent und läuft ihm mit ausgebreiteten Armen entgegen. Juli steht da und grinst, tritt von einem Fuß auf den anderen, sieht aus wie immer, nur vielleicht noch ein bisschen schmutziger, aber wen stört das schon.

Vincent plappert und plappert, und jetzt weiß Juli, dass wir ein Dorf gefunden haben, dass Lore – Vincent sagt »Lore« und das fühlt sich verdammt gut an – also dass Lore eigentlich Überraschungs-Eier kaufen wollte, aber dass sie wohl irgendwas falsch gemacht hat, weil sie nur eine Zeitung gekauft hat. Und Zeitungen kann man nicht essen, aber hier gibt es ja noch Äpfel und Joghurt und dann ist das nicht so schlimm.

»Halt mal die Luft an«, sagt Juli und grinst mich an, weil Vincent überhaupt nicht mehr aufhört zu reden. Und erst, als Juli das ein zweites Mal sagt, hört Vincent auf zu reden und guckt ihn ganz erstaunt an.

»Warum soll ich denn die Luft anhalten?«

Aber dann tut er es und er hält sie so lange an, bis er ganz rot wird im Gesicht und Juli, der vor Lachen fast genauso rot wird, ihm sagt, dass er doch bitte, bitte wieder atmen soll.

»Ich hab was gefunden«, sagt Juli dann. »Und ich bin zurückgekommen, um unser Gepäck zu holen.«

Juli ist gar nicht wegen uns zurückgekommen? Juli ist nur zurückgekommen, um das Gepäck zu holen?

Er sieht meinen enttäuschten Blick, aber den wischt er mit einer einzigen Handbewegung weg. »Und ich habe euch einen Wegweiser gebastelt, für den Fall, dass ihr auch hierher zurückkommt.«

Juli zeigt irgendwo hinter sich in den Wald und dann falle ich vor Lachen fast aus meinen Wanderschuhen. An einem Zweig neben dem Weg baumelt eine Badehose. Und ein paar Meter weiter hängt ein Bikini-Oberteil. Der String-Tanga dazu, der kann eigentlich nur Juma gehören, wippt noch ein paar Meter weiter an einem Ast.

Ich wische mir ein paar Lachtränen aus den Augenwinkeln und drehe mich zu Vincent um, der gerade dabei ist, seinen Rucksack mit Joghurt, Äpfeln und den restlichen belegten Broten vollzustopfen.

»Hast du schon mal Schnitzeljagd gespielt?«, frage ich ihn und zeige in den Wald.

Vincent guckt von seiner Packaktion hoch.

»Ich esse nicht so gerne Schnitzel«, antwortet er. »Aber wenn du willst, können wir sie trotzdem jagen.«

Juli will uns endlich zeigen, was er gefunden hat.

»Wir nehmen alles mit, was wir vielleicht gebrauchen können«, sagt er und fängt auch an, die restlichen Lebensmittel in einen Rucksack zu packen. In einen zweiten Rucksack stopft er so viele Handtücher, wie nur hineinpassen, außerdem die Verbandstasche und eine verspiegelte Sonnenbrille. Keine Ahnung, wem die gehört.

Ich nehme meinen Rucksack mit der Wolldecke und meinem Sommerkleid und dazu noch ein paar Wasserflaschen. Dann schließen wir den Bus wieder ab und machen uns auf den Weg. Seine Sporttasche hat er schon weggebracht, erklärt Juli, und dann hüpft Vincent vor uns her und springt von Badehose zu Badehose kreuz und quer durch den Wald und ich erkläre, das sei die beste Schnitzeljagd, die ich je gesehen habe.

Erst will ich die Badesachen beim Vorbeigehen wieder einsammeln, aber Juli meint, wir sollten sie lieber hängen lassen, weil wir irgendwann ja auch den Weg zurück wieder finden müssten. Irgendwann klingt zum Glück noch ganz weit weg, aber ich überlege trotzdem ganz kurz, ob ich überhaupt je wieder zurückfinden will.

Als Vincent kichernd und prustend ein winziges Stück Stoff von einer Birke pflückt und uns fragt, wie man so etwas überhaupt anzieht, da bin ich froh, dass ich meinen Rucksack bei mir hatte und Juli deshalb meinen Badeanzug nicht finden und hier in die Bäume hängen konnte. Wenn er wüsste, wie mein Badeanzug aussieht, wie viel Stoff an so einem einzigen Badeanzug sein kann, dann würde er vielleicht nicht mehr wollen, dass ich mit ihm seine Sommerferien verbringe.

Und plötzlich springt Vincent nicht weiter vor uns her. Plötzlich bleibt er stehen. Bleibt so abrupt stehen, dass ich fast in ihn reingelaufen wäre.

»Uuuuuuuh!«, sagt Vincent und ich schiebe mich an ihm vorbei, um zu sehen, was er sieht und um zu verstehen, was daran so aufregend sein soll.

Und dann sehe ich es:

Der kleine Trampelpfad, dem wir jetzt seit gut einer Stunde gefolgt sind, mündet an einem größeren Plateau aus hellgrauen flachen Felsen. Auf einer dieser Felsplatten steht eine kleine rote Holzhütte. Ganz einsam steht sie da, so als hätte sie auf uns gewartet. Und nur wenige Meter hinter der Hütte liegt der See. Blau und spiegelglatt und verwunschen liegt er da und vollkommen ruhig. Soweit meine Augen sich auch an seinem Ufer entlangtasten, kann ich kein einziges weiteres Ferienhaus entdecken. Außer der kleinen Hütte direkt vor uns gibt es hier nichts, das überhaupt darauf hindeutet, dass wir uns auf einem von Menschen bewohnten Planeten befinden.

Im Gänsemarsch folgen wir dem Trampelpfad bis zu den Felsplatten und gehen dann über den grauen Stein bis zur Hütte und einmal um die Hütte herum, denn der Eingang ist auf der anderen Seite. Juli geht an uns vorbei, bückt sich, hebt die Fußmatte an und holt einen Schlüssel darunter hervor, den er triumphierend in die Luft streckt.

»Woher hast du das gewusst?« Ich staune mit offenem Mund.

»Intuition«, sagt Juli. »Ich habe ihn vorhin schon gefunden. Voilà!« Er steckt den Schlüssel ins Schloss, schließt auf, stößt die Tür auf und geht einen Schritt zur Seite.

»Ich war auch schon mal drin«, raunt er mir zu, als er mir den Vortritt lässt.

Wir stehen mitten in einem gemütlichen Wohnzimmer. Die Möbel sind eine bunte Mischung aus Sperrmüll und alten Erbstücken, drei Sessel, ein Sofa, ein Tisch mit vier Stühlen und kein Stück passt zu den anderen. Neben dem Wohnraum ist eine winzige Küche und als ich noch gucke und staune, fasst Juli meine Hand und zieht mich hinter sich her. Raus aus der Küche, quer durch den Wohnraum, hin zu einer Leiter, die an der Wand lehnt.

»Ja und?« Fragend sehe ich Juli an, aber der zeigt nur nach oben und jetzt sehe ich die Bodenluke, zu der die Leiter gehört, Juli hängt die Leiter ein, ich erklimme vorsichtig Sprosse um Sprosse, stoße die Luke auf, stecke den Kopf durch die Öffnung und quietsche vor Begeisterung.

Vor mir liegt ein richtiger Schlafboden.

Vier Matratzen, jede einzelne fein säuberlich bezogen und mit Bettwäsche bestückt, staubgeschützt unter bunten Wolldecken, Betten in Warteposition, dazwischen Flickenteppiche, darüber die Dachschrägen und weißgetünchte Dachbalken und in einer der schmalen Seiten auf Fußbodenhöhe ein Fenster.

Wenn man hier auf einer der Matratzen liegt, hat man durch das offene Fenster einen Panoramablick über den ganzen See.

Und jetzt auf einmal merke ich, wie müde ich bin.

Juli scheint das auch zu merken, denn er fragt mich, ob ich ein bisschen schlafen will und ich nicke dankbar und er sagt: »Dann mach mal, Vincent und ich können solange unsere Sachen einräumen und ein bisschen Holz hacken für den Kamin«, und ich will noch fragen, ob er keine Angst hat, dass der Eigentümer kommt und dass wir doch nicht einfach hierbleiben können, aber da fallen meine Augen schon zu und mein Kopf sinkt ganz schwer und tief in die Kissen und ich schlafe ein.

# 17

Als ich wach werde, weiß ich einen Moment lang überhaupt nicht, wo ich bin, muss mich erst sortieren, ich weiß nur, dass ich so gut geschlafen habe, wie schon lange nicht mehr, ich dreh mich nochmal um, ziehe die Bettdecke bis unter die Nase, gucke hoch zu den Deckenbalken, so langsam fällt mir alles wieder ein, der lange Fußmarsch, das Felsplateau, die kleine Hütte, der See.

Ich lasse meinen Blick durch den Raum schweifen, sehe die anderen Matratzen, ein bisschen Staub tanzt in der Luft, aber hier sind nur Sonnenstrahlen, keine Barbies, die mich anstarren, auf dem Fußboden liegen ein paar tote Falter und Wespen, die ebenfalls schon zu Staub verfallen, und unter dem Gebälk summt und raschelt und knistert es.

Ich krabble zu dem kleinen Fenster am Kopfende, stoße es auf, lasse frische Luft hereinströmen, und dann höre ich Lachen und Schreien und Plantschen und als ich mich weiter aus dem Fenster lehne, sehe ich einen langen dünnen Jungen, der auf dem See in einem Ruderboot steht und versucht, das Gleichgewicht zu halten, während ein anderer Junge, breit und stämmig, in dem Boot sitzt, seine Hände rechts und links an der Bootswand, und absichtlich mit dem Boot hin- und herschaukelt, hin und her, hin und her.

Und die beiden Jungen sind bis auf die Unterhosen nackt.

Vielleicht hätte man doch nicht alle Badehosen in die Bäume hängen sollen, überlege ich, aber den beiden scheint das nichts auszumachen. Als ich wieder rausgucke, fällt der Dünne mit einem großen Platsch in den See.

Ich habe auch Lust auf frische Klamotten, auf mein Sommerkleid und auch auf Wasser und waschen und so. Vor allem meine Haare würde ich gerne mal waschen, aber ganz sicher gehe ich nicht in den See, weder nackt noch mit Badeanzug, wenn das hier ein Ferienhaus ist, dann muss es doch auch so etwas wie ein Badezimmer geben, überlege ich, und wo ist eigentlich das Klo?

Ich schäle mich aus der Bettdecke, krieche zur Bodenluke und steige die lange Leiter wieder hinunter.

Unten riecht es nach frischem Holz und ich sehe den Stapel Holzscheite, den Juli und Vincent fein säuberlich neben dem offenen Kamin gestapelt haben. Ich tappe durch das Wohnzimmer in die Küche, aber in der Küche geht es nicht weiter und eine andere Tür als die Haustür habe ich nicht gefunden, keine Ahnung, wo das Bad ist, aber Juli kann es mir sicher zeigen.

Ich hole mein Sommerkleid aus dem Rucksack, mein Handtuch auch und dann gehe ich aus der Haustür und rufe auf den See hinaus:

»Wo ist das Badezimmer?«

»Komm doch ins Wasser«, ruft Juli zurück.

»Genau!«, brüllt Vincent. »Eine riesen-, riesen-, riesengroße Badewanne.«

Ich schüttle nur stumm den Kopf, rufe was von kalt und erst mal duschen und später vielleicht, da ruft Juli zurück, dass die Dusche hinter dem Haus sei und in der Küche ein Stück Seife läge.

Die Seife finde ich sofort, die Dusche nicht. Erst als ich bereits das zweite Mal um die komplette Hütte herumgelaufen bin, sehe ich sie.

Die Dusche befindet sich tatsächlich hinter dem Haus, genau genommen befindet sie sich an der hinteren Hauswand. Jemand hat einfach einen Duschkopf ins Holz geschraubt, das warme Wasser kommt durch ein Rohr direkt aus der Küche, neben dem Duschkopf hängt eine Seifenschale, und einen Nagel für mein Handtuch finde ich auch.

Einen Moment lang zögere ich, mich einfach so unter freiem Himmel auszuziehen. Aber ich höre die Jungs ganz weit weg lachen und schreien und sonst ist niemand hier. Also schäle ich mich aus meiner Jeans, meinen Socken und meinem Sweatshirt. Ich gucke mich nochmal nach allen Seiten um, bevor ich den Rest auch noch ausziehe, dann stehe ich nackt hinter einer Holzhütte mitten in einem schwedischen Wald. Ein kühler Lufthauch streift mich und ich spüre, wie ich am ganzen Körper eine Gänsehaut bekomme. Schnell drehe ich das Wasser auf und dann läuft es heiß über meinen Kopf, meinen Körper, hüllt mich ein in einen warmen, wohligen Schauer und ich fange an, mich zu entspannen, nehme die Seife und schrubbe mich von oben bis unten, dann stelle ich mich wieder unter den Wasserstrahl und lasse das Wasser den ganzen Schmutz und Staub und Dreck einfach wegspülen. Und alles andere auch. Und stehe dabei unter einem blauen, fast wolkenlosen Himmel, hinter mir nichts als Wald und direkt neben meinen Füßen wachsen Gänseblümchen aus dem Boden und wundern sich, dass da jetzt mitten am Tag eine duscht.

Einen Moment stehe ich noch mit geschlossenen Augen unter dem heißen Wasser, seife mich ein zweites Mal von Kopf bis Fuß ein, genieße die Hitze und könnte ewig so stehen.

»Willst du auch Boot fahren?«

Ich kreische, reiße die Augen auf und lasse vor Schreck das Stück Seife fallen.

»Nicht gucken«, schreie ich, zerre das Handtuch von dem Nagel und wickele es mir um die Hüften. Mit einer Hand halte ich das Handtuch, das viel zu klein ist, mit dem anderen Arm bedecke ich meinen Oberkörper.

»Hast wohl Angst, dass ich dir was weggucke, was?«, fragt Vincent und grinst. Ich wundere mich, von wem er solche Sprüche hat und habe wieder etwas gelernt. Auch Leute mit Down-Syndrom kennen blöde Sprüche.

Was weggucken wäre ja eigentlich gar nicht schlecht, wenn das ginge. Hier ein Kilo bitte und da ein Kilo und vielleicht könnten sie auch mal hierhin gucken, ja, so ist es gut, und ein paar Zentimeter von der Oberweite wäre ich auch gerne los.

Aber leider ist das so nicht. Und deshalb stehe ich weiter da und versuche verzweifelt, alles zu bedecken, während Vincent sich gerade gemütlich auf dem Fußboden niederlässt, weil er denkt, es sei eine gute Idee, mit mir zu plaudern, während ich unter der Dusche stehe.

Es dauert einen Moment, bis er kapiert, dass ich jetzt viel lieber ganz alleine wäre und dass ich gleich komme, mich nur noch schnell anziehen will. Endlich steht er auf und trollt sich. Ich schlüpfe in mein Sommerkleid und dann wasche ich noch schnell meine anderen Sachen aus unter dem Wasserstrahl und hänge sie zum Trocknen über die Schnur, die sicher jemand für genau diesen Zweck zwischen einer Ecke der Hütte und einem Baum gespannt hat.

Dann gehe ich zurück zu den Jungs.

»Zeit fürs Abendessen«, sagt Juli und geht in die Küche. Unsere Essensreste haben wir vorhin gleich in den Kühlschrank geräumt, aber zwei Tage alte Lunchpakete sind zwar vielleicht noch essbar, aber nicht mehr wirklich lecker, auch gekühlt nicht und erst recht nicht, wenn man seit zwei Tagen auch nichts anderes gegessen hat. Jetzt tut es mir leid, dass ich vorhin in dem kleinen Laden so versessen darauf war, KEINE Überraschungs-Eier zu finden, dass ich auch sonst nichts gefunden oder eingekauft habe.

Ein paar Nudeln oder einfach Salat oder eine Suppe aus der Dose, wie schön das jetzt wäre.

Juli kommt aus der Küche zurück mit einem Tablett, darauf drei Suppenteller, drei Gläser, drei Löffel.

»Wozu brauchen wir denn Löffel?«, will ich wissen und erst dann bemerke ich den Duft, der aus der Küche kommt, kann ihn nicht gleich einordnen, schnuppere nochmal. Ravioli. Es riecht eindeutig nach Ravioli. In Tomatensoße.

Ich springe auf und laufe hinter Juli her in die Küche und da steht tatsächlich ein Topf auf dem Herd, ein großer alter Topf, aus dem ein Holzlöffel guckt und neben dem Topf steht Vincent und rührt und strahlt mich an.

»Heute gibt es Ravioli«, sagt er und ich tu so, als ob ich das noch gar nicht gemerkt hätte und freue mir extra für ihn ein Loch in den Bauch.

Die Ravioli hat Juli in einem der Küchenschränke gefunden, auch noch drei andere Dosen, einmal Spaghetti mit Fleischbällchen, einmal Bohnensuppe, einmal Erbsen und Karotten. Und wir können angeln, sagt Juli, dann gibt es morgen Fisch.

Ich frage ihn nicht, ob er denn weiß, wie man so einen Fisch zubereitet, ich weiß es nämlich nicht, ich mag Fisch auch gar nicht besonders gern, aber jetzt sind die Ravioli fertig und Juli nimmt Vincent behutsam den Kochlöffel aus der Hand und wickelt ein Küchenhandtuch um die Topfgriffe, bevor er den dampfenden Topf vorsichtig nach draußen trägt.

Wir essen auf der Terrasse, die eigentlich nur eine Felsplatte ist, von der aus ein Holzsteg bis hinunter zum See führt, gucken dabei über das Wasser, als wir fertig sind, leckt Vincent seinen Teller so sauber, dass man ihn nicht mehr spülen muss, dann setzt er wieder sein breites Grinsen auf und Juli sagt, das ist ja mal eine richtig gute Idee, so sparen wir den Tischdienst und leckt seinen Teller auch komplett sauber.

»Ihr seid Ferkel«, sage ich und dann lecke ich ebenfalls auch das letzte Fitzelchen Tomatensoße von meinem Teller und hinterher lecke ich sogar den Löffel noch richtig sauber und jeden einzelnen Finger und Vincent hält sich den Bauch vor Lachen.

Eigentlich müsste man immer so wohnen, denke ich, draußen essen, draußen duschen, und wenn man müde wird, krabbelt man unter eine weiche Bettdecke unter dem Dachgiebel, abends kann man den Kamin anzünden und wenn es einem zu warm wird, setzt man sich auf den Steg und hängt die Füße ins Wasser und guckt den Libellen zu, die zwischen den Trollblumen herumfliegen und deren Flügel in allen Farben schillern.

»Zeig mal die Zeitung«, sagt Vincent da.

Dann zu Juli: »Ich bin nämlich in der Zeitung und Lore hat sie gekauft.«

Da fällt mir ein, dass Juli noch gar nichts von der Zeitung weiß und dass auch ich es schon fast wieder vergessen hatte und auch lieber vergessen würde.

Weil ein Zeitungsartikel, in dem etwas über Entführung und Polizei steht, überhaupt nicht hierher passt in diese Trollblumenseesommerabendstimmung.

»Später«, sage ich und Vincent sagt: »Nein, jetzt!« und ich versuche es noch einmal: »Ich hol sie später, ist doch grad so gemütlich hier!«, und Vincent antwortet: »Ich will sie Juli aber jetzt zeigen!«, und stampft mit dem Fuß auf. Sein Gesicht verzieht sich, sein Mund, der ja sowieso schon so anders aussieht, wird ganz weinerlich, die Zunge guckt noch ein bisschen mehr hervor als sonst schon und seine Augenlider fangen nervös an zu zucken. Da stehe ich lieber schnell auf, laufe in die Hütte und hole die Zeitung aus meinem Rucksack.

Ich breite sie aus, lege sie vor Juli auf den Tisch und streiche sie glatt.

»Da«, sage ich und finde es immer noch schade, dass die schöne Stimmung jetzt futsch ist.

Juli starrt auf das Bild, guckt kurz hoch zu Vincent, dann wieder auf das Foto und dann kurz zu mir. Wir wissen beide, dass es nicht gut ist, dass dieses Foto in der Zeitung ist.

»Sie suchen ihn«, sage ich leise und Juli nickt.

Vielleicht hätten wir doch besser die Badesachen aus den Bäumen wieder abhängen sollen.

»Was steht denn da?«, will Vincent wissen, und zeigt auf ein Wort in der Schlagzeile. Juli antwortet nicht. Vincent schubst ihn an und zeigt wieder auf das Wort. »Sag doch mal, was da steht!«

Juli zuckt mit den Schultern. »Ich kann kein Schwedisch.«

Ich beuge mich zu Juli rüber, will lesen, was da steht, will es ihm vorlesen, aber Vincent schiebt mich weg.

»Ich habe Juli gefragt«, sagt er. »Nicht dich.«

Irritiert gucke ich Vincent an. Was ist denn mit dem los?

»Lies es ihm halt vor«, sage ich zu Juli. »Sonst gibt der heute keine Ruhe mehr.«

Schweigen.

Vincent starrt Juli an. Juli starrt die Zeitung an. Ich finde das alles langsam albern, ziehe die Zeitung zu mir rüber und lese: »Da steht was von kidnappning und von polis und von ...«

»Der Leuchtkäfer kann nämlich gar nicht lesen!«, ruft Vincent da und seine Stimme ist ein einziges Triumphieren.

»Kann ich wohl«, sagt Juli und erstaunt stelle ich fest, dass er rot wird.

»Kannst du nicht«, erklärt Vincent, zerrt die Zeitung wieder zu Juli rüber und tippt auf ein einzelnes Wort.

Und wartet.

Juli schweigt.

Vincent wartet.

Juli schweigt.

Vincent beugt sich zu ihm rüber, legt seinen wurstigen Zeigefinger auf das Wort und liest es ganz langsam, hängt Buchstabe für Buchstabe aneinander. »B-e-l-ö-n-i-n-g. Das steht da. Und du kannst es nicht lesen.«

»Lasst mich doch einfach in Ruhe!« Juli fegt die Zeitung mit einem Wisch vom Tisch, springt auf und rennt in die Hütte. Die Tür fliegt mit einem lauten Knall zu.

»Der Leuchtkäfer kann nicht lesen, sag ich doch«, sagt Vincent.

# 18

»Kannst du wirklich nicht lesen?« frage ich leise, als wir endlich alle drei nebeneinander auf unseren Matratzen auf dem Schlafboden liegen. Ich habe gewartet, bis Vincent eingeschlafen ist. Erst als ich sein Schnarchen hören konnte, bin ich ein Stück zu Juli rübergekrochen. Seit er ins Haus gerannt ist, hat er kein Wort mehr mit uns gesprochen. Auch jetzt antwortet er nicht sofort. Und ich frage mich, wie es sein kann, dass ein Junge fünfzehn Jahre alt werden und Auto fahren kann und auch sonst total viel, aber nicht lesen lernt.

Eine Weile liege ich in der Dämmerung, lausche auf Vincents Schnarchen und warte darauf, dass Juli wieder mit mir spricht.

»Ich hab's nie gelernt«, sagt er dann leise. »Am Anfang habe ich es noch versucht, aber die Buchstaben sahen alle so gleich aus, ich habe sie immerzu verwechselt, konnte mir einfach nicht merken, in welche Richtung sie zeigen müssen oder über wie viele Linien sie gehen sollen. In der Grundschule war das noch gar nicht so schlimm. Wenn wir zu Hause lesen üben sollten, habe ich im Unterricht einfach immer gewartet, bis zwei oder drei Kinder den Text vorgelesen hatten, dann habe ich mich gemeldet und auch vorgelesen. Ich habe die Texte beim Zuhören auswendig gelernt, das hat kaum jemand gemerkt.«

Ich stelle mir einen kleinen Jungen vor, für den die Buchstaben in seinem Buch aussehen wie chinesische Schriftzeichen und der jedes Mal hoffen muss, dass andere vor ihm dran kommen, die ihm dann vorplappern, was er nur noch auswendig lernen muss.

»Und später?«, will ich wissen. »Irgendwann kann das doch nicht mehr funktioniert haben?«

Juli seufzt.

»Hat es auch nicht. Später wurde ich in der Schule richtig schlecht. Ich musste zweimal die Schule wechseln, weil ich so schlechte Noten hatte, dann haben die Lehrer vorgeschlagen, dass ich auf eine Sonderschule gehen soll ...«

Julis Stimme verliert sich irgendwo unter der Bettdecke.

Ich muss an das denken, was Vincent mir gestern erzählt hat. Über sein Down-Syndrom. Und dass er es hasst, dass die Leute ihn immer nur nach seinem Äußeren beurteilen und nicht darauf achten, wie es innen in ihm aussieht.

Ich habe bei Juli auch nur das Außen gesehen. Ich habe den quirligen Punk gesehen mit den bunten Haaren und dem Piercing im Gesicht. Ich habe einen Jungen gesehen, der eine Lederjacke trägt und geglaubt, dass er zu denen gehört, die alles packen. Zu den Selbstbewussten, zu denen, die sogar mit abgerissenen Klamotten rumlaufen dürfen und noch ernst genommen werden, weil sie sich von nichts unterkriegen lassen. Was da neben mir liegt und schluchzt, passt genauso wenig zu diesem Bild, wie Vincents Fähigkeiten zu seinem Bild passen.

»Und? Gehst du jetzt auf diese Sonderschule?«, frage ich vorsichtig.

»Nein.« Juli spricht so leise, dass ich ihn kaum hören kann. Seine Stimme ist ganz belegt. Er räuspert sich, dann setzt er nochmal an. »Nein. Ich gehe gar nicht mehr zur Schule.«

»Aber du musst …«, will ich sagen, aber da unterbricht er mich schon.

»Dann wurde mein Opa krank und ich bin zu Hause geblieben. Er hat diese Scheiß-Chemo so schlecht vertragen. Ich musste bei ihm bleiben. Einer musste das doch tun«, schluchzt er plötzlich auf. »Ich dachte, wenn ich bei ihm bleibe und ihm helfe, wenn ich dafür sorge, dass er zwischen den Anwendungen immer ausruhen kann, dass jemand da ist, wenn er kotzen muss und jemand ihm Suppe kochen kann, wenn es mal besser geht, ich dachte, wenn ich das alles mache, dann schafft er es vielleicht.«

»Du hast deinen Opa gepflegt?«

»Er hatte doch sonst niemanden. Und von der Chemo sind ihm dann die Haare ausgegangen, da war er so verzweifelt, und dann habe ich einfach seinen Rasierer genommen und mir auch die Haare rasiert. Als mein Opa dazu kam, war nur noch ein Rest mitten auf dem Kopf übrig.«

Deshalb also der Irokese. »Leuchtkäfer«, sage ich leise.

Juli seufzt. »Das mit den Farben war Opas Idee. Er meinte, man könnte uns sonst verwechseln, wenn wir zusammen unterwegs sind.«

»Und dann habt ihr euch das mit dem Nordkap ausgedacht.«.

Juli nickt. »Mein Opa wollte unbedingt mit mir da hin. Und ich habe mitgespielt. Er hat mir Autofahren beigebracht, nur für den Fall, dass er schon zu schwach sein könnte, noch lange Strecken selbst zu fahren. Er war sich sicher, dass er seinen Geburtstag mit mir am Nordkap feiern würde. Ich wusste von Anfang an, dass er das nicht schafft. Sein Arzt hatte es mir gesagt.

Aber ich hab alles mit ihm zusammen geplant. Habe ihm nichts gesagt. Und ihm nur ganz fest versprochen, dass wir an seinem Geburtstag am Nordkap sind.«

Und jetzt hat Julis Opa morgen Geburtstag und Juli kann sein Versprechen nicht halten, weil seine Kraft irgendwann einfach verbraucht ist, weil es viel zu viel Kraft gebraucht hat für einen fünfzehnjährigen Jungen, der das alles aushalten wollte und es dann doch nicht gepackt hat.

»Ich glaube nicht, dass dein Opa enttäuscht ist, wenn du morgen nicht am Nordkap bist«, sage ich leise. »Ich glaube, dass er stolz darauf ist, zu sehen, wie weit du ohne ihn gekommen bist.«

Ich taste vorsichtig über die Bettdecke und suche Julis Hand und er nimmt meine Hand und hält sie ganz fest.

Manchmal muss man doch jemanden haben, der einen ein bisschen an der Hand hält.

Wenigstens manchmal.

Als ich am nächsten Morgen wach werde, liegt Julis Hand wieder bei Juli und Juli schläft noch tief und fest, er sieht aus, als ob er viele Jahre Schlaf nachholen müsste und so schnell nicht wieder wachwerden wird. Und plötzlich habe ich eine Idee.

Ich krabble leise aus dem Bett, von da zur Luke, steige vorsichtig die Leiter hinunter und öffne die Haustür zum See. Dann hole ich einen Topf aus der Küche, den nehme ich mit nach draußen und laufe ein Stück in den Wald hinein.

Ich wusste es.

Ich hatte es gestern schon gesehen, aber gestern gab es so viel zu sehen und so viel auszuprobieren und so viel zu erleben, dass ich mir das hier für heute aufgehoben habe, und jetzt ist genau der richtige Moment dafür. Walderdbeeren.

Der ganze Boden zwischen den Bäumen ist übersät mit kleinen roten, süßen Walderdbeeren. Ich setze mich einfach mittenrein und pflücke rund um mich rum, ich pflücke und pflücke und nasche und sammle den Topf randvoll mit diesen kleinen wunderschönen süßen Früchten.

Dann trage ich meinen Schatz behutsam wieder zur Hütte, presse den Topf fest an meinen Bauch, dass ich bloß nichts fallenlasse, nichts verliere von der süßen Ernte.

In der Hütte angekommen, räume ich den großen Tisch ab, wische ihn mit einem nassen Lappen blitzblank, schneide die letzten Äpfel auf und lege auf dem Tisch ein riesiges Mandala aus Apfelschnitzen und kleinen roten Beeren und dazwischen grüne Blätter und ein paar Trollblumenblüten hole ich auch noch am See. In einer Schublade in der Küche finde ich zwei Teelichte, die stelle ich auch noch auf den Tisch und als Juli und Vincent völlig verschlafen die Leiter runtergepoltert kommen, singe ich leise Happy Birthday und Juli laufen Tränen über das Gesicht, aber dann singt er mit und dann läuft er raus, holt was aus seiner Lederjacke und stellt ein ganz zerknittertes Foto mitten auf den Tisch und sagt leise: »Alles Gute zum Geburtstag, Opa.«

Ich gucke mir das Foto an und sehe einen Juli, viele Jahre älter, aber genauso hager, das gleiche Grinsen, die gleichen Augen, auch wenn man schon sehen kann, dass die Augen ein bisschen müde geworden sind von all dem Leid, trotzdem sieht Julis Opa aus wie Juli und auf dem Kopf trägt er eine Häkelmütze. Eine leuchtend rote und grüne Häkelmütze.

Wir setzen uns an den Tisch und futtern das ganze Mandala Beere für Beere und Apfelschnitz für Apfelschnitz auf, bis unsere Gesichter und Finger rot verschmiert sind vom Erdbeerensaft.

Die allerletzte Erdbeere schnappt Juli sich direkt mit dem Mund vom Tisch, dann guckt er hoch und ich wünsche mir, dass sein Opa ihn so sehen kann, so zufrieden und satt und vielleicht sogar ein kleines bisschen glücklich.

»Und jetzt«, sagt Juli und guckt mich an, »und jetzt gehen wir alle zusammen baden im See.«

Vor lauter Schreck höre ich auf zu atmen, dann schüttle ich den Kopf, ich mag nicht baden, habe doch gestern erst geduscht, außerdem ist das Wasser bestimmt viel zu kalt. Aber Juli erklärt, dass heute sein Opa Geburtstag hat und wer Geburtstag hat, ist der Bestimmer und weil sein Opa tot ist, sei er eben jetzt für ihn der Bestimmer, sozusagen der Erbe des Bestimmers.

Erbe des Bestimmers. Jetzt muss ich doch lachen. Erbe des Bestimmers klingt nach einem fürchterlich schlechten Buch und nicht nach einem Geburtstagsfest, sage ich.

Juli lässt nicht locker, von Büchern verstehe er sowieso nichts, sagt er, und auch Vincent ist Feuer und Flamme. Beide wollen jetzt baden im See und beide bestehen darauf, dass ich mitkomme.

»Es gibt so Dinge, die kann man nicht«, versuche ich zu erklären. »Manche Leute können zum Beispiel keinen Spinat essen. Oder Jenny, aus meinem Camp, Jenny kann keine Spinnen sehen.«

»Im See gibt es keinen Spinat«, erklärt Vincent mir. Ich verdrehe die Augen.

»Und Spinnen habe ich da gestern auch nicht gesehen«, ergänzt Juli.

»Aber es gibt im See zwei Seeungeheuer und vor denen habe ich Angst«, versuche ich es auf die lustige Tour.

»Echt?« Vincent strahlt mich begeistert an. »Gibt es echt im See Seeungeheuer?«

Juli lacht sich gerade schlapp. Dann springt er auf.

»Wer zuerst im Wasser ist!«, brüllt er und fängt schon im Laufen an, sich auszuziehen.

»He, warte!« Vincent stürmt ihm sofort hinterher.

Ich bleibe einfach sitzen. Sehe ihnen nach. Weiß, dass das gerade nicht fair ist.

Denke an Vincent und seine Offenheit. Denke an Juli, von dem ich jetzt weiß, dass er nicht lesen kann. Stehe auf und gehe ihnen ganz langsam hinterher. Vielleicht kann Lore ja etwas, das Madeleine nicht kann. Vielleicht hat Lore ja viel mehr Mut als Madeleine. Und vielleicht ist es auch gar nicht mehr so wichtig, wie einer außen aussieht, wenn man weiß, wie er innen ist. Ich laufe über den Steg, sammle Julis Jeans und Vincents Sweatshirt ein, finde noch ein T-Shirt und eine Socke und lege alles zusammen am Fuß des Stegs zu den anderen Sachen, die die beiden dort auf einem wilden Haufen aufeinander getürmt haben. Dann setze ich mich auf den Steg und lasse die Füße ins Wasser baumeln. Das Wasser ist angenehm kühl, aber nicht so kalt, wie ich erwartet hatte. Winzige Fische schwimmen um den Steg und fangen an, an meinen Füßen zu knabbern, das kitzelt so sehr, dass ich lachen muss.

»Los, komm rein!«, ruft Juli und schlägt mit der flachen Hand so aufs Wasser, dass er mich von oben bis unten nass spritzt.

Und das Mädchen, das nicht mehr Madeleine ist, sondern Lore, ein bisschen zu dick, aber wen stört das schon, diese Lore fängt an, ihr Sommerkleid auszuziehen, ganz langsam zieht sie es über den Kopf, will kurz den Bauch einziehen, weil der doch so weiß und wabbelig ist, aber dann trifft sie der nächste Schwall Wasser und sie muss ganz laut kreischen, um die Kälte auszuhalten, die Unterhose lässt sie an, und dann macht sie es einfach, lässt sich fallen, fliegt, nach vorne, kopfüber in den See und als das eiskalte Wasser über ihr zusammenschlägt und ihr einen Stromstoß durch den Körper jagt, denkt sie nur: So ist das also.

So ist es also, das Leben.

So frisch.

So wunderbar angenehm frisch und lebendig.

Und dann schwimme ich lachend und mit wenigen Schwimmstößen zu Juli und tunke ihn unter und spritze Vincent Wasser ins Gesicht bis er kreischt und mein Körper fühlt sich so leicht und so frei wie noch nie zuvor.

Wenn es am schönsten ist, soll man aufhören, sagt meine Oma immer, aber ich finde, wenn es am schönsten ist, sollte die Zeit anhalten, damit es immer so bleibt, so schön, nur leider tut sie das nicht, die Zeit, und dann kann es passieren, dass man gerade zum ersten Mal in seinem Leben fast nackt in einem See schwimmt, noch dazu mit zwei Jungs, mit denen man vorher durch halb Schweden gefahren und gewandert ist, und gerade dann, wenn es am aller-allerschönsten ist, hört man plötzlich ein Geräusch, das da nicht hingehört, ein Geräusch, das bedrohlich klingt und immer näher kommt, und erst hört man es nur so im Hinterkopf, während man Wasser spritzt und taucht und rumalbert und kreischt und dann hört man es immer deutlicher und dann sagt vielleicht einer: »Da kommt ein Auto«, und plötzlich ist das Wasser eiskalt und du kannst dich nicht mehr bewegen, bist ganz starr vor Schreck und kannst nur noch schnell ein Stück weiter wegschwimmen, um dich irgendwo zwischen dem Schilf zu verstecken.

Zitternd und bibbernd hocken wir im Schilf und beobachten den Jeep, der irgendwo seitlich aus dem Wald kommt, nicht aus der Richtung, aus der wir gekommen sind, da hätte selbst ein Jeep nicht langfahren können, sondern von der Seite, es muss noch eine andere Zufahrt geben zum See. Warum haben wir daran nicht gedacht? Und was hätte es geändert, wenn wir daran gedacht hätten? So leise wie möglich schleichen wir durch das Schilf nach draußen, sonst erfrieren wir noch in dem kalten Wasser und jetzt hocken wir da hinter Büschen und Felsen und starren mit offenem Mund auf den Mann, der aus dem Jeep gestiegen ist, zu der Hütte hochgeht, sich kurz umschaut, die Tür offen findet und natürlich sofort weiß, dass hier etwas ganz und gar nicht so ist, wie es sein sollte.

# 19

»Was machen wir denn jetzt?« Mit um den Körper geschlungenen Armen hocke ich zwischen den beiden Jungen im Gebüsch.

»Keine Ahnung«, flüstert Juli zurück. »Erst mal abwarten.«

Der Fremde ist in der Hütte verschwunden, wir hören ihn darin herumgehen, Stühle werden gerückt, etwas poltert, jemand flucht, dann kommt er wieder heraus, tritt aus der offenen Tür ins Freie, stemmt die Arme in die Hüften und guckt sich um. Er steht da wie einer, der oft so steht, wie einer, dem die Welt gehört und den nichts so leicht umwirft. Breitbeinig. Helle Hose. Cord vielleicht. Helles Hemd. Drüber eine grüne Weste. Wie ein Förster. Vollbart hat er auch. Die Hosenbeine stecken in hohen Stiefeln.

»Der wollte angeln«, sagt Juli leise.

Vincent neben mir wimmert, ich greife schnell seine Hand und drücke sie. »Pscht!«, mache ich und dann noch einmal: »Pscht! Er kann uns nicht sehen. Du musst nur leise sein, dann haut er auch wieder ab.«

Aber Vincent hört nicht auf zu zittern und Juli knibbelt wieder auf seiner Unterlippe rum, und da weiß ich, Juli hat wieder einen Plan oder wenigstens eine Idee, die muss er jetzt durchkauen und wenn er fertig ist damit, dann machen wir das, was Juli sagt und es wird schon schiefgehen.

Erst macht aber der Fremde was. Als er fertig ist mit umgucken, fährt er sich mit der Hand durch sein blondes volles Haar, dann stiefelt er mit großen Schritten zum Steg runter, guckt übers Wasser, sieht das Ruderboot im Wasser dümpeln, flucht, stapft bis zu den Knien in den See, packt das Tau und zieht das Boot wieder aufs Land. Macht einen Knoten um den Steg und ich bin froh, dass ich unsere Klamotten eingesammelt und unter dem Steg versteckt habe. Die kann er nicht sehen. Kann also nicht wissen, dass da noch jemand ist, fast nackt und kalt im Gebüsch hockt und sich gerade die Seele aus dem Leib zittert.

Er guckt noch einmal übers Wasser, dreht sich um, guckt wieder zur Hütte hoch, schüttelt den Kopf, dann geht er zurück zum Jeep, Tür auf, holt was raus, hängt es sich um den Hals, holt noch was raus und wirft die Tür wieder zu.

Juli neben mir schnappt nach Luft. Und ich möchte am liebsten aufhören zu atmen. Aber ich muss weiteratmen, damit Vincent nicht merkt, wie viel Angst ich habe, damit er nicht plötzlich losbrüllt und uns verrät. Der Fremde geht mit langen Schritten wieder zur Hütte hoch, um den Hals baumelt ein Fernglas, in seiner Rechten trägt er ein Gewehr.

Ein.

Gewehr.

Der Fremde hat ein Gewehr.

»Wir müssen hier weg.« Juli dreht sich zu mir um.

»So?« Mit aufgerissenen Augen zeige ich an mir runter.

Juli macht eine Kopfbewegung rüber zum Jeep. »Ich glaube, er hat den Schlüssel stecken lassen«, flüstert er.

Ich schüttle den Kopf. Oh, nein. Nein. Nein. Nein. Nicht schon wieder.

»Wir fahren mit dem Jeep?« Vincent hört auf zu zittern und will sofort aufspringen.

»Runter!«, zischt Juli und ich packe Vincent am Arm und ziehe ihn wieder zurück in die Deckung.

Und dann erklärt uns Juli seinen Plan.

»Er ist ins Haus gegangen. Wir warten noch einen Moment«, sagt er. »Wenn die Luft rein ist, schleiche ich zum Jeep und gucke, ob der Schlüssel steckt. Falls ja, gebe ich euch ein Zeichen. Ihr setzt euch ins Auto, ich hole noch die Klamotten.«

»Das ist Wahnsinn«, flüstere ich. »Der Kerl hat ein Gewehr. Was, wenn der auf uns schießt?«

»Der schießt nicht auf uns.« Leider klingt Juli nicht so überzeugend, wie er vielleicht gerne klingen würde. »Ich glaube, der will auf die Jagd gehen. Deswegen das Gewehr.«

»Trotzdem.« Ich bin alles andere als beruhigt.

»Vom Haus aus kann er den Jeep nicht sehen.« Juli zeigt zu der Hütte hoch und es stimmt. Auf dieser Seite der Hütte sind keine Fenster. Solange er sich im Haus oder hinter dem Haus aufhält, kann er uns nicht sehen.

»Seid ihr bereit?«

Ich zittere am ganzen Körper. Und zum ersten Mal in meinem ganzen Leben wünsche ich mir, wirklich unsichtbar zu sein.

»Bereit, Kumpel?« Juli hält Vincent die Hand zum Abklatschen hin.

»Bereit.« Vincent klatscht Juli so laut und fröhlich ab, als mache er sich fertig, um auf ein Fußballfeld zu stürmen und nicht, als wolle er gleich einem bewaffneten Mann seinen Jeep klauen. Und dazu noch lediglich mit nassen Unterhosen bekleidet.

Ausnahmsweise beneide ich Vincent um seine Fähigkeit, immer nur den Augenblick zu sehen. Er scheint sich keine Gedanken darum zu machen, was alles passieren kann. Ich atme tief durch.

»Okay. Aber wenn der Schlüssel nicht steckt, kommst du sofort zurück, versprochen?«

»Versprochen.« Juli nickt. »Aber die Klamotten hole ich dann trotzdem. Wenn ich schon erschossen werde, will ich wenigstens anständig angezogen sein.«

Ich versetze ihm einen so heftigen Stoß in die Seite, dass er nach Luft schnappen muss. Aber ein bisschen lachen muss ich trotzdem. Und dafür bin ich dem Leuchtkäfer sehr dankbar.

Mit angehaltenem Atem beobachte ich, wie Juli in geduckter Haltung zum Jeep schleicht. Von dem Fremden ist weit und breit nichts zu sehen. Vincent neben mir drückt meine Hand in einem fort und murmelt immerzu: »Bereit. Ich bin bereit. Ich bin bereit.«

Endlich hat Juli den Jeep erreicht. Er schleicht zur Fahrertür. Der Griff ist fast genauso hoch wie bei unserem VW-Bus. Juli muss sich ein Stück aufrichten, um an ihn ranzukommen. Fragend dreht er sich zu uns um. Ich gucke hoch zur Hütte, die Luft ist rein. Von dem Fremden ist nichts zu sehen.

»Alles klar«, murmle ich, obwohl Juli mich nicht hören kann. »Alles klar.« Und dann halte ich Juli meinen ausgestreckten Daumen hin.

Juli richtet sich auf, greift zur Fahrertür und öffnet sie vorsichtig. Das klackende Geräusch, mit dem das Schloss aufspringt, ist bis zu uns zu hören. Ich halte die Luft an. Starre auf die Hütte. Die Haustür bleibt geschlossen, offenbar hat der da oben nichts bemerkt.

Jetzt zieht Juli die Tür vorsichtig ganz auf, für einen Moment muss er seine Deckung aufgeben. Er stellt sich auf die Zehenspitzen, beugt sich in den Jeep, dann kommt er wieder raus, lehnt die Fahrertür ganz vorsichtig wieder an, schiebt sie nur soweit zu, dass sie nicht zuschnappt, geht in die Hocke hinter dem Fahrzeug, dreht sich um und gibt uns das Zeichen: Der Schlüssel steckt.

Und schon huscht er weiter, runter zum Steg.

Das ist das gefährlichste Stück. Auf dem Weg vom Jeep runter zum See muss Juli seine Deckung vollkommen aufgeben. Ich warte mit Vincent im Gebüsch, bis Juli am Steg angekommen ist. Dort kriecht er unter die Holzplanken und ist erst mal in Sicherheit. Ich kann ihn nicht mehr sehen, aber ich weiß, dass er jetzt unsere Klamotten zusammenraffen und gleich wieder zum Jeep zurücklaufen wird. Allerdings erst dann, wenn wir sicher im Inneren des Fahrzeugs sitzen. Wir sind dran.

Ich greife Vincents Hand und drücke sie fest. Vincent strahlt mich an. Für ihn ist das ganze Leben ein riesiges Abenteuer. Und ich beneide ihn darum.

Dann laufen wir los. Geduckt, vorsichtig, leise. Wir huschen, stolpern, krabbeln zum Jeep. Ich vorne, Vincent dicht hinter mir.

So leise wie möglich öffne ich die Fahrertür. Jetzt kommt der schwierigste Teil. Wir müssen aufstehen und in den Jeep klettern. Ich schiebe Vincent vor. »Du zuerst.« Und bete, dass Vincent den Ernst der Lage erkennt und jetzt keinen Blödsinn macht. Vor meinem inneren Auge sehe ich ihn schon fröhlich hupend auf dem Fahrersitz thronen.

Aber meine Sorge ist unbegründet. Vincent klettert mit einer erstaunlichen Behändigkeit in das Innere des Wagens und wie abgesprochen, lässt er sich sofort auf die Rückbank gleiten. Ich nehme meinen ganzen Mut zusammen. Aufstehen. Irgendwo hochziehen. Rein klettern. Tür wieder ranziehen. Und dann vor dem Beifahrersitz in Deckung gehen. Auch Vincent ist von der Bank runtergerutscht und in Deckung gegangen.

Wir.

Sind.

Drin.

Ich ziehe mich ein Stückchen hoch, will gucken, ob Juli kommt. Da passiert es. Die Tür von der Hütte öffnet sich. Der Fremde kommt raus, breitbeinig, steht da, als ob er nie wieder weggehen will, und Juli sitzt da unter dem Steg und kann ihn nicht sehen, aber wenn er losläuft, dann ist er zu sehen. Dann ist er von der Hütte aus zu sehen, wie ein Kaninchen, das seinen Bau verlassen hat und über die Wiese hoppelt. Und ich kann ihn nicht warnen. Ich habe keine Ahnung, wie ich ihn warnen soll. Bleib, wo du bist, bleib, wo du bist, bleib, wo du bist. Ununterbrochen das gleiche Mantra.

Der Mann vor der Hütte dreht sich noch einmal nach allen Seiten, sucht etwas, horcht in alle Richtungen, Juli hat er nicht gesehen, Juli ist schlau, Juli ist noch gar nicht losgelaufen.

Ich spüre, wie ein Krampf in meinen Oberschenkel zieht. Nicht auch das noch, bete ich. Bitte jetzt nicht auch das noch. Ich muss mein Gewicht verlagern, mich anders hinknien. Muss meinen Beobachtungsposten für einen kurzen Moment verlassen.

Als ich endlich wieder schmerzfrei bin und mich vorsichtig zur Windschutzscheibe hochziehe, ist der Fremde verschwunden.

Fast im gleichen Moment höre ich etwas an der Fahrertür rascheln. Die Tür wird aufgezogen, jemand wirft ein Bündel Klamotten auf den Beifahrersitz. Julis Kopf erscheint im Wageninneren, Leuchtkäferhaare, dann der ganze Juli.

Ich bin so erleichtert, dass ich am liebsten gleich losheulen würde.

»Bleibt unten«, zischt Juli, macht sich auch so klein es nur geht, duckt sich hinter dem Lenkrad, greift nach der Schaltung, kuppelt, legt den Rückwärtsgang ein. Dann greift er nach dem Zündschlüssel, atmet tief durch, los geht's, spricht sich selbst Mut zu.

Und dreht den Schlüssel im Schloss.

Ich kneife die Augen zu. Beiße mir auf die Lippen. Höre den Motor anspringen.

Und dann höre ich Juli »Scheiße!« rufen und eine fremde Stimme, die ich nicht kenne, und die viel tiefer ist als Julis Stimme ruft etwas auf Schwedisch, das so ähnlich klingt wie Julis Fluch, und dann wird die Fahrertür aufgerissen und als ich die Augen wieder öffne, sitzt Juli nicht mehr auf dem Sitz, sondern hängt hilflos zappelnd in Händen, die eher wie Pranken aussehen, und so, als ob sie Juli jederzeit zerquetschen könnten wie einen Käfer.

Leuchtkäfer, denke ich noch.

Und dann wird mir schlecht.

# 20

Irgendwann höre ich auf zu spucken.

Irgendwann höre ich auf zu zittern.

Irgendwann kneife ich nicht länger die Augen zu.

Und irgendwann höre ich mitten in einem Schwall aus schwedischen Schimpfwörtern und ärgerlichem Gebrüll vereinzelt deutsche Sätze, die klingen wie »was soll das alles« oder »wo kommt ihr überhaupt her« und solche Sachen.

Dann höre ich Julis Stimme, die sagt: »Lore, Vincent, ihr könnt rauskommen, ich glaube, der tut uns nichts.«

Ich höre, wie Vincent hinter mir anfängt zu rumoren, dann klettert er aus dem Jeep und als ich ihm dabei zusehe, wie er seinen massigen Körper in seiner immer noch nassen Spongebob-Unterhose aus dem Auto hievt, da wird mir mit einem Schlag wieder bewusst, dass ich auch nicht mehr an meinem Körper trage als meine Unterwäsche, und dass jetzt jeder meinen Bauch sehen kann, weiß und wabbelig über dem Hosenbund, vorhin im Wasser war es mir egal, für einen kurzen Moment war das alles egal, aber jetzt will ich nicht, dass Juli und Vincent mich so sehen, jetzt will ich am liebsten unsichtbar sein.

»Lore hat ins Auto gekotzt«, meldet sich Vincent zu Wort.

Verwirrt starrt der Fremde erst zu Vincent, dann zu mir und als er sieht, wie ich die Arme um meinen nackten Oberkörper schlinge, guckt er schnell wieder zu Vincent.

Ich zittere inzwischen am ganzen Körper. Mir ist eisig kalt. Dabei ist es um uns herum immer noch sommerlich warm, der See glitzert genau wie vorher, die kleine Hütte steht leuchtend rot auf dem grauen Felsvorsprung, die Birkenblätter schimmern immer noch silbern in der Sonne. Die Erde hört nicht auf, schön zu sein, nur weil du gerade den Boden unter den Füßen verlierst, merkst, dass du nicht fliegen kannst, es nie konntest oder gerade jetzt verlernst, daran zu glauben. Und neben mir steht einer, der genauso zittert wie ich, und der jetzt in diesem Augenblick erwachsen wird, seinen Traum begräbt und Nimmerland und die verlorenen Jungs für immer verlässt.

»Ich bin Juli«, sagt der neben mir, »und dass da«, er zeigt in unsere Richtung, »das sind Lore und Vincent.«

»Hej, Lore«, sagt der Fremde mit seiner tiefen Stimme. »Und hej, Vincent. Hej, Juli!« Er hebt eine Hand, lässt sie wieder sinken, dann zeigt er auf sich. »Ich bin Tjorge. Tjorge Svensson.« Tjorge also. Nicht mehr der Fremde.

»Das war's dann wohl«, sagt Juli. Und in diesem einen Satz steckt so viel Traurigkeit, dass sie für ein ganzes

Leben reicht. Nach einem Seitenblick auf Tjorge beugt er sich in den Jeep und zieht sein T-Shirt aus dem Stapel Klamotten heraus. Ich traue mich immer noch nicht, mich zu bewegen. Beobachte nur die anderen, währenddessen zieht Juli sich an, streift das T-Shirt über, mit steifen langsamen Bewegungen, angelt nach der Jeans, sucht Socken zusammen, schiebt was zu Vincent rüber, und ich steh die ganze Zeit da und umklammere meinen Oberkörper, meine Zähne klappern, ich würd jetzt gerne in der Sonne liegen, auf den grauen Felsen, da wo es warm ist, einfach nur liegen, Augen zu, Wärme spüren und unsichtbar sein und sonst nichts. Und dann kommt Juli zu mir rüber, drückt mir was in die Hände, ich glaub, das ist deins, guckt wieder weg und ich hab mein Sommerkleid in der Hand und zieh es schnell über. Schon besser.

Und dann stehen wir eine ganze Weile einfach nur da und schauen uns an und keiner sagt was, Tjorge guckt auf Vincents Sweatshirt, liest das mit dem Extra-Chromosom, lacht, Vincent guckt an sich runter, lacht auch, hält Tjorge die Hand hin: »Ich heiße Vincent und ich bin sechzehn Jahre alt. Ich habe Down-Syndrom, und ich kann lesen. Der Leuchtkäfer kann nicht lesen. Aber das macht nichts, weil der Leuchtkäfer Ravioli kochen kann. Willst du bei uns wohnen?«

»Vincent, ich glaube …« Juli legt Vincent einen Arm um die Schulter, weiß nicht, was er sagen soll, hat einen Kloß im Hals, der sich nicht runterschlucken lässt, weiß nicht, wie er das sagen soll, was wir schon wissen, aber Vincent nicht begreifen kann, dass Tjorge uns wegschicken wird, dass Tjorge die Polizei informieren wird, dass alles zu Ende ist.

»Ich hab Hunger«, sagt Vincent da und strahlt Tjorge an.

»Ich auch«, sagt Tjorge. Und dann: »Wie wäre es mit Pfannkuchen?«

Und dann geht er an den Kofferraum und holt eine große Kiste mit Lebensmitteln raus, die schleppt er zur Hütte, wir stolpern hinterher, Vincent klatscht in die Hände, Pfannkuchen, Juli und ich sehen uns an, wissen nicht, was das jetzt wird, aber Pfannkuchen backt keiner, der dich schnell loswerden will, denke ich.

In der Hütte wirft Tjorge Eier, Mehl, Milch in eine Schüssel, Vincent rührt um, Juli sucht die Pfanne und ich stehe da in meinem Hauszelt-Sommerkleid und Tjorge sagt: »Hej, vacker flicka, schönes Mädchen, magst du Limonade?«

Schönes.

Mädchen.

Schönes.

Und dann sitzen wir um den großen Tisch und essen Pfannkuchen mit Blaubeermarmelade und Tjorge sieht das Foto von Julis Opa, das immer noch neben den Teelichten liegt, fragt nach, und Juli muss ihm erzählen. Muss ihm vom Nordkap erzählen, vom Tod und vom Krebs, der so vieles zerstört hat, Tjorge fragt weiter, und Juli erzählt weiter. Er erzählt von dem Bus, von holprigen Straßen, von seiner Armbanduhr und dem Stand der Sonne, den Lunchpaketen und den Mücken und dann von Vincent und mir und am Schluss vom Reiten, der im Schlamm steckengeblieben ist. Zwischendurch guckt Vincent hoch und strahlt, das ganze Gesicht voller Blaubeeren und Tjorge hört einfach nur zu wie vielleicht noch nie zuvor einer Juli zugehört hat.

Und als Juli fertig ist, erschöpft vom vielen Reden, sagt Tjorge immer noch nichts, holt sich nur noch einen Kaffee, nippt daran, guckt erst zu Juli, dann zu mir und dann zu Vincent.

Dann räuspert sich Tjorge. Juli wirft mir einen schnellen Blick zu. Wenn einer sich räuspert, will er nichts Gutes sagen, steht in dem Blick. Wenn einer sich räuspert, will er etwas sagen, das dir nicht gefallen wird. Oder etwas, das ihm nicht gefällt. Ich möchte aufstehen und einfach rauslaufen.

»Sein Bild war heute in der Zeitung«, sagt Tjorge, zeigt auf Vincent und der, weil er niemals etwas Böses denkt und Tjorges Räuspern vielleicht auch gar nicht gehört hat, springt auf, holt die Zeitung und breitet sie vor Tjorge aus: »Ist aber ein altes Bild. Willst du es mal sehen?«

Tjorge lächelt Vincent an, faltet die Zeitung wieder zusammen und legt sie zur Seite.

»Morgen«, sagt er. »Morgen.«

Und für Juli und mich liegt in diesem einen Wort die ganze Hoffnung.

Morgen.

Noch nicht heute.

Tjorge trinkt den letzten Schluck Kaffee, trägt die leere Tasse in die Küche, kommt zurück und klatscht in die Hände.

»Heute ist midsommar«, sagt Tjorge. »Wir müssen das Fest vorbereiten.«

Und dann gehen wir mit Tjorge in den Wald und sammeln Holz für das Mittsommerfeuer, schneiden Zweige und pflücken Blumen, und als Vincent die Walderdbeeren entdeckt, holen wir eine Schüssel und setzen uns ins Moos und ernten Erdbeeren und essen sie gleich wieder auf und fangen mit dem Pflücken von vorne an und essen sie wieder auf und irgendwann sagt Tjorge, wenn wir so weitermachen, sind wir die ersten Menschen in Schweden, die ihre Mittsommernacht verpassen. Deshalb tragen wir eine leere Schüssel zurück zum Haus, schleppen das Holz hinunter zum See, und Tjorge zeigt uns, wie wir aus den Zweigen und Blumen Girlanden binden und Kränze fürs Haar.

Juli erklärt, dass er ganz bestimmt keinen Blumenkranz aufsetzen werde, aber Tjorge lacht nur und dann drückt er mir einen Kranz aufs Haar, ganz sanft, und Vincent sagt, wie eine Prinzessin, eine Waldprinzessin, und Juli starrt mich an, sagt gar nichts mehr und ich sehe, wie er ein bisschen rot wird. Aber vielleicht bilde ich mir das auch nur ein.

Und dann läuft Tjorge ins Haus, kramt eine Weile herum und als er wieder rauskommt, hält er zwei Angelruten in den Händen. Wir laufen zum Wasser und Tjorge zeigt, wie man die Angel hält, wie man die Schnur auswirft, weit hinaus in den See und dann ganz langsam kurbelt, die Schnur zurückholt, langsam, viel langsamer, die Fische müssen sie doch sehen und dann hoffentlich, schnapp, ich hoffe, dass die Fische blind sind. Oder schlau. Ich will keine Fische fangen, aber Juli und Vincent probieren es wieder und wieder.

»Ich hab einen!«, es ist Juli, der ruft und zieht und zerrt an der Angel.

»Halt fest«, ruft Tjorge und holt einen Kescher, will Juli helfen, dessen Angel sich jetzt schon in einem großen Bogen biegt von dem Gewicht, das an ihr hängt. Der Fisch muss riesig sein. Juli legt sich ins Zeug, kurbelt, zieht, den Rücken schon ganz nach hinten gebeugt, zerrt an der Angel, die Schnur so straff gespannt, dass sie jeden Moment zu reißen droht.

Tjorge ist ganz aufgeregt. »Lass mal locker«, ruft er. »Gib ein bisschen Schnur nach, damit sie nicht reißt.«

Juli lässt locker, beugt sich nach vorne. Die Schnur entspannt sich. Und dann passiert.

Nichts.

Juli starrt auf den See. Die Angelschnur treibt schlaff über dem Wasser und Tjorge lacht Tränen, zieh mal, Juli, ruft er und Juli zieht, die Angel biegt sich wieder, die Schnur zum Zerreißen gespannt.

»Fester«, ruft Tjorge und lacht und lacht.

Und dann merkt Juli es auch. Seerosen.

»Heute gibt es wohl Seerosen zum Abendessen«, sagt Tjorge und wischt sich Lachtränen aus den Augen. Juli zögert einen Moment, aber dann lacht er auch. Seerosen. Sein Angelhaken hatte sich in den Seerosen verhakt.

»Macht nichts«, sagt Tjorge, »im See sind die Fische sowieso viel schöner als an Land«, und weil ich das auch finde, bin ich froh, als er die Angeln wieder zurück ins Haus trägt.

Irgendwann sitzen wir zusammen um das Feuer. Tjorge hat Kartoffeln in Folie gewickelt und sie in die Glut geschoben, wir haben Würstchen auf lange Stöcke gespießt und über den Flammen gegrillt. Im flachen Wasser liegen Limonadenflaschen zum Kühlen. Obwohl es schon spät am Abend ist, fast schon Nacht, sitzen wir noch im Hellen. Selbst lesen ginge jetzt noch, wenn man ein Buch dabei hätte oder wenn man lesen könnte.

Ich gucke zu Juli rüber, der auf dem Rücken neben mir liegt, in den Himmel starrt und die Fledermäuse beobachtet, die wie kleine schwarze Schatten über uns herumflitzen, pausenlos, ohne innezuhalten. Vincent stochert mit einem langen Stock in unserem Mittsommernachtsfeuer, schiebt glühende Holzscheite hin und her, lässt die Glut aufbrodeln und guckt mit leuchtenden Augen dem aufsteigenden goldenen Funkentanz hinterher, das Gesicht selbst ein einziger rotleuchtender Sonnenuntergang. Ich sitze in meinem Sommerkleid auf der anderen Seite des Feuers, die Blumen noch im Haar, Vincents Wie-schön-du-bist noch im Ohr, fühle die Hitze des Feuers auf meinen Wangen, meinen nackten Oberarmen, sehe eine Träne aus Julis Augenwinkel rollen und auf den Boden tropfen.

»Es hätte ihm gefallen«, sage ich leise. »Es hätte deinem Opa hier gefallen.«

Juli nickt. Dann wischt er sich verstohlen mit dem Arm über die Augen.

Erst als Tjorge zurückkommt und sich wieder neben uns setzt, im Arm eine Geige, in der Hand den Bogen dazu, erst da merke ich, dass er weg war und dann tönt diese kleine Melodie über den See, übertönt das Knistern des Feuers und erzählt von alten Geschichten aus längst vergangenen Zeiten, schwingt sich hoch mit dem Funkengestöber bis in den Himmel, macht, dass Juli sich aufsetzt und den tanzenden Funken hinterher schaut, und dass jetzt beide, Vincent und Juli mit weit aufgerissenen Augen dasitzen und ich weiß, dass auch ihre Herzen in diesem Moment weit offen sind, und ich möchte, möchte, möchte diesen Augenblick niemals vergessen.

»Man kann sich nicht an alle fantastischen Augenblicke erinnern«, sagt Tjorge da, und als ich ihn erstaunt angucke, wiederholt er den Satz noch einmal.

»Man kan inte minnas alla fantastiska ögonblick. Det allraviktigaste ögonblick är här och nu. Just nu! Der allerwichtigste Augenblick ist hier und jetzt. Genau jetzt.« Dabei macht er mit dem Arm eine Bewegung, die alles rund um uns herum mit einbezieht.

Tjorge holt Decken im Haus, wir rollen uns darin ein, Köpfe ruhen auf Armen und Beinen, die nicht zu ihnen gehören und Tjorge fängt an zu erzählen. Er erzählt von Hexen und Göttinnen, von Sonnenwenden und Fruchtbarkeitszaubern, von bösen Königen und weisen Frauen. Manchmal weiß er nicht weiter auf Deutsch, dann wechselt er ins Schwedische, aber wir verstehen ihn trotzdem, denn Tjorge erzählt Geschichten, die so alt sind, dass sie überall auf der Welt gleich klingen und wir nur ihrem Klang lauschen müssen, um sie zu verstehen.

Als ich die Augen wieder öffne, liegt nur noch Vincent in seine Wolldecke gehüllt, das Feuer ist runtergebrannt, nur die Glut wärmt noch ein wenig.

Juli sitzt mit dem Rücken zu uns, mit angezogenen Beinen und schaut auf den See, neben ihm Tjorge und beide sprechen kein Wort. Über dem See liegt dichter Nebel, und obwohl er die aufgehende Sonne verbirgt, weiß ich doch, dass bereits der Tag angefangen hat, vor dem wir alle drei so viel Angst haben. Ein Abschiedstag.

Ich setze mich neben Juli, er wirft mir einen kurzen Blick zu.

»Es ist, als ob der See sich schon verabschiedet hätte«, sage ich und deute auf den Nebel.

»Nebel«, sagt Tjorge da, und seine Stimme klingt tief und beruhigend, »Nebel haben die Wolken erfunden, damit der Himmel die Erde berühren kann.« Dann steht er auf und geht ins Haus. Ich nehme Julis Hand und halte sie fest. Ganz fest.

... und irgendwann

kommt dann eine Postkarte mit großer krakeliger Kleinkinderschrift.

Liebe Lore.
Du bist eine schöne Waldprinzessin.
Nächstes Jahr fahre ich wieder nach Schweden.
Viele Grüße
Vincent, 16 Jahre

Und du hängst die Postkarte an deine Pinnwand und wartest weiter und dann kommt noch eine Postkarte mit krakeliger Kleinkinderschrift.

Liebe Lore,
kannst du mir bitte das Buch mit der
Walachei schicken? Ich muss noch viel
Lesen üben.
Alles Liebe
Der Leuchtkäfer

Und dann weißt du auf einmal, dass es weitergeht. Und dass man nicht in Nimmerland sein muss, um fliegen zu können.

Und dass der allerwichtigste Augenblick hier und jetzt ist.

Genau jetzt!

Ich heiße Madeleine.

Sie nennen mich Lore und ich bin vierzehn Jahre alt.

Deutsche Originalausgabe

Ein Unternehmen der La Martinière Groupe

Vermittelt durch die Literatur Agentur Hanauer.
Umschlagillustration: Felicitas Horstschäfer
Satz & Layout: satz & repro Grieb, München
Druck: CPI Moravia Books
Printed in Czech Republic

ISBN 978-3-95728-105-0


www.knesebeck-verlag.de

Die Arbeit an diesem Buch wurde mit einem Stipendium des
Hessischen Ministeriums für Wissenschaft und Kunst gefördert.